Sandra Hughes

Tessiner Verwicklungen

Der erste Fall
für Tschopp & Bianchi

Roman

Kampa

Die Autorin dankt der Landis & Gyr Stiftung
für das Atelierstipendium.

Für den Blick hinter die Verlagskulissen:
www.kampaverlag.ch/newsletter

Teil 1

I

Ihre Finger zitterten nicht mehr, wenn sie die Webseite anklickte. Sie wusste, was kam. Diese fünf Menschen in Arbeitskleidung, deren Gesichter sie schon so viele Male studiert hatte.

»La famiglia di pastai«, stand unter dem Bild. »Antonio, Dante, Luigi, Alessia, Francesco.«

Sie hatte ihn sofort erkannt. Dieselben Furchen im Gesicht wie damals, nur tiefer. Die buschigen Brauen über den dunklen Augen. Sie erinnnerte sich auch wieder an seine Stimme. An den klammernden Griff seiner Hand, als er mit ihr im Auto davongefahren war. Sie fortbrachte an den Ort, wo man sie quälte. Wegen ihm hatte sie ein halb totes Leben geführt, darauf bedacht, die Schmerzen auszublenden und den Kopf über Wasser zu halten. Bis sie auf den Artikel in der Zeitung gestoßen war. Er rief alle Erinnerungen wach. Dazu kamen Wut und der Wunsch, nicht mehr halb tot leben zu müssen. Koste es, was es wolle.

2

Noch war es in Merides Gassen angenehm kühl. Ein paar Bewohnerinnen und Bewohner nutzten den Morgen für einen frühen Spaziergang. Sie humpelten am Stock die enge Hauptstraße entlang, hielten einen Schwatz auf der Piazza Mastri. Andere gingen zielstrebig ihrem Tagwerk nach, auch der alte Savelli. Wie immer war er der Erste, der die kleine Spaghettifabrik an der Via Ercole Doninelli 7 betrat. Sie lag neben seinem Haus am östlichen Ende des Dorfes. Von da an zogen sich Reben am sanften Hang entlang, führte die kunstvoll gepflasterte Straße zur Cappella del Beato Manfredo, die nach einem Adligen aus Mailand benannt war, der vor 800 Jahren hier auf dem Tessiner Berg gelebt hatte. Aber für selige Einsiedler hatte der alte Savelli keinen Blick. Er wollte, wie jeden Tag, »ein wenig nach dem Rechten sehen«, wie er sagte, das Rührwerk mit einem feuchten Lappen reinigen, danach den Teig ansetzen. Er richtete die Säcke mit Hartweizengrieß in einer Linie aus, setzte im engen Büroraum den Ventilator in Gang, damit die Hitze des Julitages gar nicht erst eindringen konnte. Ging die Gestelle im Trockenraum durch, die mit goldenen Spaghettischnüren behangen waren, wedelte sie sanft ein wenig durch. Wechselte in den Kühlraum hinüber. Er öffnete die Tür, betätigte den Lichtschalter, blinzelte, als es neongrell aufblitzte. Dann sah er sie, die Gestalt am Boden. Die Haare büschelweise auf den blanken Fliesen. Antonio schrie, so laut er konnte, mit seinen 82 Jahren und einer Lunge, die von zehn Brissago originale täglich geteert war.

Auch die Tochter des alten Savelli, Alessia Bernasconi-Savelli, war früh unterwegs. Sie keuchte die Via alla Campagna entlang, links plätscherte der Spinirolo vor sich hin. Heute hatte sie die Route im Tal gewählt, um ihre Knie zu schonen. Sie rannte mit glühenden Wangen. Das T-Shirt klebte an ihrem Rücken. Der Schornstein der ehemaligen Ölfabrik schob sich in ihr Blickfeld. Wenn er auftauchte, dauerte es noch fünf Minuten, dann hatte sie ihr morgendliches Laufpensum zur Hälfte hinter sich gebracht. Sie erreichte die Gebäude, die von Zäunen umgeben waren. »Ca.Stella« stand auf grün-weißen Tafeln geschrieben. Niemand in Meride wusste genau, was sich dahinter verbarg. Die einen sprachen von einem »Münchner Club«, der hier ein Aussteigerzentrum gründen wollte, so wie die deutschen Künstler und Esoteriker damals auf dem Monte Verità bei Ascona. Andere hatten eine Limousine mit Comer Kennzeichen beobachtet und hinter dunkel getönten Scheiben George Clooney erkannt, der sich nach einer sicheren Residenz im Mendrisiotto umsah. An diesem Morgen zeigten sich ein Esel und eine Ziege. Auf den Hund war Alessia gefasst, trotzdem erschrak sie jedes Mal, wenn sich das Tier kläffend gegen den Zaun warf. Ihr Herz raste. In fünf Minuten konnte sie zurück zu ihrem Haus rennen, dort die Tür mit Absicht laut zuschlagen, damit Francesco oben in seinem Zimmer aufwachte. Falls er überhaupt zu Hause war.

Sie presste die Zähne zusammen, blies zischend Luft aus. Es gab ihr jedes Mal einen Stich, wenn sie sich das Bild vor Augen rief: Francesco, ihr Ehemann seit zwölf Jahren, der allein in dem Zimmer lag, das einst das Kinderzimmer hätte werden sollen. Sie einsam im großen Ehebett. Drei Meter Korridor und zwei geschlossene Türen zwischen ihnen. Ihr Herz zog sich zusammen. Sie versuchte, tief Luft zu holen. Nicht langsamer werden. Kalorien verbrennen. Die Verzweiflung auspusten, die ihr die Kehle zuschnürte. Bei der Cappella Madonna di Loreto wendete sie und lief zurück Richtung Dorf. Schon von Weitem sah sie ihren Bruder. Er stand vor ihrem Haus und schlug wie ein Besessener mit der Faust gegen die Tür.

»Luigi?«

Er fuhr erst herum, als sie ihn an der Schulter fasste. Sein Gesicht war verzerrt.

»Sie ist tot!«

Sie ist tot. *Mamma?* Der Satz löste in Alessia eine Frage aus, die völlig absurd war. Ihre Mutter war vor vierzig Jahren gestorben, als sie selbst zwei Jahre alt war. Die Frau, die tot war, war für Alessia *mamma*. Immer schon. Aber jetzt war jemand anderes gestorben.

3

Ein paar Kilometer von Meride entfernt, auf einer Waldlichtung oberhalb des Dorfs Arzo, öffnete Emma ihre Augen. Sie lag im Dachzelt ihres gelben Campingbusses. Viel frische Luft, dünner Stoff nur, der sie vom Himmel und den Geräuschen des Laubmischwaldes trennte. Ihr Kopf schmerzte ein wenig. Karin hatte am Abend zuvor großzügig nachgeschenkt, während sie bis spät nachts Muster prüften: geometrische Anlagen, in sich verschlungene Ornamente, Motive aus Flora und Fauna. Ein Mosaik sollte künftig den Sitzplatz von Karins Rustico schmücken, und für Emma war klar: Da mussten Fische, Pfauen und Löwen hin, halbnackte Frauen und Männer mit Trauben und Weinkrügen. Karin hingegen verschloss sich allen Argumenten und bestand auf dem Labyrinth in Kreisform. Schwarz-weiß. Langweilig. Emma hatte kurz ihre spontane Entscheidung bereut, Karin zu besuchen, weil sie Mosaike-Legen so sehr liebte. Sich zusammen mit dieser Bekanntschaft aus einem Workshop die Knie wund scheuern, schwitzend Steinchen an Steinchen legen, im Minimum zwei mal zwei Meter groß: Wer wollte heiße Sommertage so verbringen? Sie. Emma Tschopp, einundfünfzig, alleinstehend und kinderlos, Ermittlerin bei der Polizei Basel-Landschaft mit dreiundzwanzig Tagen Ferienguthaben, die sie noch dieses Jahr nehmen musste. Emma seufzte und schloss die Augen. Sie sollte noch ein wenig schlafen, bevor es heiß wurde.

Rubio schlief unten im Bus. Emma richtete ihm jeden Abend das Lager für zwei Personen ein. Ein Mal nur war sie in ihrem Dachzelt in tiefen Schlaf gesunken, ohne für ihn den Rücksitz zum Kingsize-Bett umzubauen. Rubios Rache war Scheiße, anders war es nicht zu nennen. Emma hatte den Bus mit viel Shampoo gereinigt, bis er wieder so gut roch wie damals, als sie ihn gebraucht gekauft hatte.

Der Labrador zog es vor, auf seiner Decke im Arisdorfer Bauernhaus zu schlafen. Die Decke hatte ein paar Löcher, in denen er sich manchmal verhedderte, aber sie roch nach Zuhause. Dort wusste Rubio, was ihn erwartete. Emma, die ihm die Tür öffnete, wenn er von seinem Rundgang durch die benachbarte Hofstatt zurückkehrte oder aus dem Wäldchen weiter oben. Vertraute Wege auch zu zweit, manchmal ein Ausflug nach Basel, wenn Emmas Dienstplan es zuließ. Wartestunden auf der Decke, faul verdöst, und Freude, wenn sich der Schlüssel im Schloss drehte. Alles viel besser als dieser Bus. Ein unstetes Ding, das ihn an Orte führte, die er nicht kannte, und ihm Nächte fern der warmen Küche aufzwang. Elsässische Wildschweine, die ihn aufschreckten. Baselbieter Bauern, die mitten in der Nacht an die Windschutzscheibe klopften, weil Emma es nicht lassen konnte, frei zu campen. Rubio vermochte keinen zu vertreiben. Emma musste jeweils vom Dach klettern und die Situation klären, mit ihrer Stimme, die so lieb klingen konnte und so streng. Von Emma selbst hatte Rubio kein Bild. Er konnte ihre violette Trainingsjacke nicht sehen, die sie seit Jahren begleitete, die braunen Locken mit Silberfäden, nie in Form gebracht, das runde Gesicht mit den vielen Fältchen um die Augen. Ein weicher Körper, der davon erzählte, was Emma gern mochte: Pasta und Rotwein, Entrecôte mit Kräuterbutter, viel französische Sauce am Salat, Pommes Allumettes, Würste weiß oder pikant, Blauschimmelkäse. Alles in edle Fettpölsterchen verwandelt, besonders am Bauch und an den Hüften, etwas unbeholfen mit Kleidung kaschiert. Das kümmerte Rubio nicht. Er umrundete auch gelassen die Bücherberge und schmutzigen Kaffeetassen im Wohnzimmer. Emma roch fein, das reichte. Und zwar überall, von innen her. Alles an ihr war Weide und Wild, in tausend Nuancen stieg sie ihm in die Nase, durch und durch gut.

4

Zurücktreten!«, rief der junge Polizist und versuchte, das Absperrband vor der Fabrik neu zu spannen. Sein Kollege fuchtelte mit den Armen, zwang die Bewohnerinnen und Bewohner von Meride ein paar Schritte rückwärts. Von Haus zu Haus war die Nachricht gegangen, von der Via Ercole Doninelli in die Via Bernardo Peyer und von da in die verzweigten Gässchen hangauf- und hangabwärts.

»*Un morto*«, wurde von Mund zu Mund gewispert, »*assassinato.*«

In der *fabbrica*, bei der *famiglia* Savelli. Savelli? Ja, der Alte hatte alles entdeckt. Rote Spaghettischnüre in der Trockenmaschine? Blut in der Pasta? Männer und Frauen rissen die Augen auf, schlugen die Hände vor den Mund. Ja, dazu eine Blutlache, die sich unter der Tür des Trockenraumes hindurch bis zum Rührwerk ausbreiten konnte. Dann wurde die Leiche gar nicht im Büro gefunden, mit zertrümmertem Schädel? *No!* Und die Leiche war kein Mann, sondern eine Frau?

In der Bottega Bar l'Incontro gingen Gerüchte und Espressi über die Theke. Erste Neugierige brachen in die Via Ercole Doninelli auf. Es folgten alle, die nicht zur Arbeit den Hang des Monte San Giorgio hinunterfahren mussten, nach Riva San Vitale oder weiter in den Süden bis nach Chiasso. Sie bildeten eine nervöse Gruppe vor der Fabrik.

»Eine Hand?«, kreischte Valeria, Kassenfrau im Fossilienmuseum Monte San Giorgio, das erst um neun öffnete.

Ja, eine Hand. Im Rührwerk war sie aufgetaucht. Abgehackt. Schreckgeweitete Blicke, unterdrückte Schreie. Wessen Hand? *Della Zücchina?*

»*Sì, la Zücchina!*«

Kreuze wurden geschlagen, Gebete gemurmelt in vielstimmigem Chor:

»Herr über Meride, gib dem alten Savelli die Kraft, dieses teuflische Verbrechen zu überstehen.«

Mit geneigten Köpfen stand die Gruppe da, tonlos stiegen ihre Worte zu dem hoch, den sie da oben vermuteten:

»Herr über Meride, wir danken Dir für die Ereignisse, die Du uns bescherst. Sie machen unsere langweiligen Tage reich und unsere Herzen froh. Denn nichts stärkt uns mehr, als wenn der Nachbar vom Leid getroffen kriecht und wir weiterhin aufrecht gehen können. Und lass, lieber Gott, unsere kleine Fabrik mit der besten Pasta der Welt weiterhin gedeihen, zum Wohle der Bevölkerung von Meride, der guten, Dir treu ergebenen. *Grazie tanto.* Amen.«

In der Fabrik saß Luigi Savelli, zweiter Sohn des alten Savelli und Geschäftsführer des Familienbetriebs, mit Commissario Bianchi zusammen und deutete auf die Weltkarte an der Wand. Sie war mit roten, grünen und weißen Stecknadeln versehen.

»Die Karte ist der ganze Stolz meines Vaters. Hier startete sein Großvater.« Luigi tippte auf eine rote Nadel. »Meride Paese. Er wurde Hoflieferant vom Wuppertaler Bankier Eduard von der Heydt, der sich ein Hotel auf dem Monte Verità bauen ließ. Hier.« Er tippte die grünen und weißen Nadeln an. »Sein Vater holte das Grand Hotel Villa Castagnola, das Hotel Giardino, das Eden Roc und die Villa Principe Leopoldo hinzu. Jetzt beliefern wir ausgewählte Delikatessläden in Zürich, Basel, Mailand, Rom und München. Ohne die regionale Kundschaft verloren zu haben.«

Sie saßen im Packraum, in dem die Pasta in Tüten zu je einem Kilogramm abgefüllt wurde. Wochentags ab sieben Uhr dreißig – wenn keine Leiche im Kühlraum lag. Die Spurensicherung hatte einen Teil des Raums freigegeben. Für Commissario Bianchi hatte Luigi den speckigen Drehstuhl aus dem winzigen Büro gerollt, für sich eine Kiste platziert.

Er beobachtete den Commissario, während er die Firmengeschichte darlegte. Was für ein Geck dieser Polizist war, mit seinem langen Haar, das ihm glänzend am Kopf klebte. Er hielt das Gesicht meist auf seine Notizen gesenkt, nur seine Hakennase ragte hervor. Schlanke Finger. Ein zerfranstes Band ums Handgelenk, ein Glücksbringer wohl, unpassend. Die Ärmel des weißen Hemdes hochgekrempelt. Bügelfalten in der Anzughose. Das Notizbuch auf den Knien, in Leder gebunden. Dauernd hatte ihn der Commissario unterbrochen, um sich Notizen zu machen, obwohl seine Aussage auch von dem Gerät aufgezeichnet wurde, das zwischen ihnen lag. Luigi musste sich wiederholen. Ja, er hatte einen Schrei gehört, beim Kaffeetrinken. Die genaue Uhrzeit wusste er nicht. Nach 6:15 Uhr, weil Luigi ab dann Kaffee trank, und vor 6:45 Uhr, dann hörte er den Wirtschaftsbericht im Radio. Ob er Familie hatte? Nein, hatte er nicht. Seine Frau war weg. Keine Pasta mehr, die sie in Tüten füllen musste.

»Nicht mit mir!«, hatte sie geschrien und ihn angespuckt, als er sie festhalten wollte.

Aber das sagte Luigi dem Commissario nicht. Er sagte etwas über die einmalige Verbindung von süditalienischer Kochkunst und Schweizer Qualitätsarbeit, die die Savelli-Pasta auszeichnete. Wie ihr Traditions- und Familienbewusstsein bewirkte, dass Savelli-Pasta regional und ohne endlosen Wachstumsanspruch produziert wurde, immer schon, nicht bloß dem aktuellen Nachhaltigkeitshype geschuldet. Er legte dar, wie die gemeinsame Arbeit den Zusammenhalt zwischen ihm und seinen Geschwistern Alessia und Dante stärkte. Aber da unterbrach der Commissario schon wieder.

Nein, die Stimme und Herkunft des Schreis hatte Luigi nicht identifiziert. Er war die Treppe seines kleinen Hauses schräg gegenüber der Fabrik hinuntergerannt, hatte die Tür aufgerissen, gehorcht. Es war wieder still gewesen. Er hatte sich das alles wohl eingebildet. Trotzdem ging er zur Fabrik. Warum? Er wusste es nicht. Ein Gefühl. Das Tor zur Fabrik war nicht verschlossen. Das war jeden Tag so, weil sein Vater frühmorgens schon dort war. Luigi ging durch den Packraum, das Licht war an, der Ventilator im Büro lief bereits. Weiter durch den Korridor Richtung Produktionsraum, er hörte ein unbekanntes Geräusch, wie von einem Tier.

»*Papà!*«, rief er.

Keine Antwort.

»*Papà?*«

Wieder das Geräusch, er betrat den Produktionsraum. Dort kauerte der Vater auf den Knien, schlug den Kopf auf den Boden. Luigi rannte zu ihm, wollte ihn aufrichten. Der Vater begann zu schreien, zeigte nach hinten, zum Kühlraum. Er hatte Atemnot. Luigi umfasste ihn, zog ihn hoch, wollte ihn auf einen Stuhl setzen. Aber es gab keinen. Der Vater wollte keine Stühle in der Fabrik.

»Arbeiten, nicht faulenzen«, hatte er immer gesagt, als sie Kinder waren, und selbst als Erwachsene hatte er sie angeherrscht:

»Hier wird nicht rumgesessen.«

Also ließ Luigi den Vater auf dem Boden sitzen, an die Trockenmaschine gelehnt, und ging zum Kühlraum, auf den sein Vater wies.

Hier unterbrach sich Luigi. Der Commissario hatte den Kopf schief gelegt und sah ihn an, ohne zu schreiben. Eine weiße Stecknadel löste sich aus der Karte. Es war so still, dass man das leise Pling hörte, als sie zu Boden fiel.

Luigi hatte die Tür zum Kühlraum geöffnet. Er sah sie erst, als er einen Schritt in den Raum machte. Sie lag links von der Tür, weiter hinten, auf dem Rücken. Die blauen Beine. Ihr grünes Kleid. Haare. Eine Schere.

»Und?«

Die Stimme des Commissario, Luigi zuckte zusammen.

»Was und?«

»Was ging Ihnen durch den Kopf?«

»Nichts. Ich rannte zurück zu meinem Vater. Er kriegte keine Luft mehr.«

Die dunklen Augen von Bianchi fixierten ihn, aber Luigi hielt dem Blick stand.

5

Alessias Kopf schmerzte. Die Augen brannten vom Weinen und den rauen Taschentüchern. Sie sah den Mann gegenüber nicht mehr ganz deutlich. Als Commissario Marco Bianchi vom Commissariato Lugano hatte er sich vorgestellt. Ihr schien, als würde sie seine Fragen schon zum zweiten oder dritten Mal beantworten. Sie versuchte, sich auf seine Worte zu konzentrieren.

»Der Notruf ging um 7:06 Uhr ein, von Ihrem Mobiltelefon, Signora Bernasconi. Um cirka 6:35 Uhr, spätestens 6:40 Uhr waren Sie gemäß Ihren Angaben vom Joggen zurück und trafen auf Ihren Bruder. Zwischen Ihrem Blick in den Kühlraum und der Benachrichtigung der Polizei sind also mindestens 26 Minuten vergangen. Was ist in dieser Zeit passiert?«

Wieder sah sie Luigi vor sich, wie er vor ihrer Haustür gestanden hatte. Er hatte sie am Arm gepackt und geschüttelt.

»Wo seid ihr denn, verdammt?«, hatte er gezischt. »Wo ist Francesco?«

»Er schläft wohl. Was soll das?«

Sie hatte vergeblich versucht, sich zu befreien. Er zwang sie, mit ihm zur Fabrik zu gehen.

»Lüg mich nicht an. Francesco ist nicht da.«

Er hatte sie durch die Tür in den Packraum der *fabbrica* gestoßen, durch den Korridor zur Produktion geschoben. *Papà* saß dort am Boden, weiß im Gesicht, auf der Stirn eine Platzwunde. Sie wollte sich zu ihrem Vater beugen, aber Luigi zerrte sie weiter zum Kühlraum hin, riss die Tür auf, schob sie hinein.

»Da. Schau hin.«

Etwas Bitteres kam ihr hoch. Sie schluckte es hinunter. Luigi ließ sie los, sie konnte sich abwenden, zurück in den Produktionsraum wanken.

»Wer tut so etwas?!«

Luigis verzweifelter Schrei hatte in ihren Ohren gedröhnt. Sie versuchte, einen Fuß vor den anderen zu setzen, fort von diesem Kühlraum. Eine Art Krächzen ließ beide zu ihrem Vater schauen. Er war zur Seite gekippt und bewegte die Lippen, ohne dass sie verstanden, was er ihnen sagen wollte.

»Ich rufe jetzt die Polizei«, hatte Luigi gesagt, wieder gefasst.

Da war sie aus ihrer Starre erwacht.

»Warte! Lass mich das machen.«

Sie war gerannt, zurück zu sich nach Hause, direkt nebenan.

»Signora Bernasconi?«

Sie zuckte zusammen.

»Ich habe Sie etwas gefragt.«

Der Commissario sah sie an. Der Schmerz in ihrem Kopf wurde immer stärker.

»Ich … ich kam gerade vom Joggen. Dann war da Luigi und hat sie mir gezeigt … Es … es war ein Schock.«

»Signora Bernasconi. Warum hat ihr Bruder nicht sofort die Polizei gerufen?«

»Ich … Keine Ahnung. Wir waren so durcheinander.«

Sie musste wieder weinen. In ihrem Kopf hämmerte es.

6

Emma wischte sich den Schweiß von der Stirn. Der künftige Sitzplatz von Karins Rustico lag zwar im Schatten von Hopfenbuchen und Eichen, aber heiß war es trotzdem. Sie erhob sich, streckte den schmerzenden Rücken durch. Sah sich um, wieder erstaunt darüber, dass es solch stille Orte fernab von allem noch gab, samt Zufahrt bis zum Haus. Emma war den Schildern bis »La Perfetta« gefolgt, einem Betonklotz, der sich als Schul- und Ferienzentrum erwies, das einem Gefängnis gleich auf einer Anhöhe über Arzo lag, und von da aus über einen halb verwachsenen Waldweg geholpert, im Zweifel darüber, hier je irgendeine Spur menschlichen Lebens zu finden. Aber dann kam sie, die kleine Lichtung.

Karin hatte sie entdeckt, als sie ihren Traum vom Rustico im Tessin verwirklichen wollte. Als Ferienhaus zunächst, aber schon damals mit dem Wunsch, im Sommer und Herbst dort wohnen zu können. Wochenende für Wochenende war sie mit dem Auto auf der Suche gewesen, vor allem im Mendrisiotto, ganz im Süden des Tessin. Die horrenden Preise von Anbietern im Internet überstiegen ihre finanziellen Möglichkeiten. Aber den damals halb verfallenen Stall hatte sie erwerben können. Das war vor fünf Jahren gewesen. Nach und nach hatte Karin ihn in ein bewohnbares Häuschen umgebaut. Ohne weinüberrankte Pergola und Schiefertisch, ohne Blick in die Ferne, dafür mit Waldschatten, offener Feuerstelle und Mosaiken.

»Du fährst in die Sonnenstube der Schweiz?«, hatte Emmas Kollege Alex gespottet, als sie letzte Woche beim

Pausenkaffee saßen. »Zu den deutschen Pensionären? Kampierst zwischen ihren fetten Eigentumswohnungen und Villen?«

Er hatte über die dreitausend Deutschen gelästert, die für immer dort lebten, in Ascona nach einem »Eis« statt nach *gelato* verlangten, »Tschianti« tranken und sich im Paradies breitmachten.

»Die haben es gut«, hatte Emma gesagt. »Du wirst es dir nie leisten können, in einer Villa mit Blick auf den Lago Maggiore zu wohnen. Mit deiner Pension. Nicht mal am Schattenhang über dem Vierwaldstättersee.«

Alex' wütender Blick befeuerte sie.

»Zudem gibt es im Tessin auch Deutsche, die arbeiten, als Koch oder Yogalehrer. Oder Professorin. Und: Kann man das Paradies nicht einfach teilen? Auch wenn man Alex heißt und dauernd findet, einem werde etwas weggenommen?«

Der Kollege hatte nichts mehr gesagt. Emma musste grinsen, als sie sich an ihr Gespräch erinnerte.

»Sonnenstube der Schweiz«, murmelte sie und schaute sich wieder auf der wilden Waldlichtung um. »So ein Blödsinn.«

Ihr Magen knurrte. Seit dem Frühstück hatten Karin und sie pausenlos gearbeitet. Sie hatten Karins Skizze auf den Untergrund übertragen, und Emma hatte die Flächen markiert. Schwarz und weiß. Viele Variationen gab es nicht bei diesem Motiv. Sie ließen alles gut trocknen. Danach hatte Emma den Einbettungsmörtel vom Zentrum des Bildes her aufgetragen. Immer nur so viel, dass Karin die Mosaiksteine eindrücken konnte, bevor er aushärtete. Fasziniert hatte sie zugesehen, wie schnell und präzis Karin die kubischen Steinchen setzte, wie bestimmt sie anschließend das Brett auf die Fläche presste, um die Teilchen flach auszurichten. Wenn sie selbst an der Reihe war, dauerte das alles länger. Karin hatte die Mörtelflächen verkleinert und Emma zugelächelt. Sie schien sich von der Überraschung, dass Emma sich kurzfristig als Gast angekündigt hatte, erholt zu haben. Das gemeinsame Arbeiten war angenehm. Sie dienten einander zu, ohne viele Worte, wie im Workshop vor einem Jahr, als sie sich kennengelernt hatten. In der Mittagspause damals hatte Karin allein draußen auf dem Rasen gesessen, alle anderen waren gemeinsam ins Restaurant aufgebrochen. Emma hatte zwei Klappstühle aus ihrem Bus geholt, sie hatten beide Salat aus ihren Lunchboxen gegessen, sich über Mosaikkurse und die Pläne, die Karin für ihr Rustico hatte, unterhalten.

»Komm doch vorbei«, hatte Karin gesagt. »Wenn du mal in der Gegend bist!«

Das ließ Emma sich nicht zwei Mal sagen.

»*Non è possibile!*«, hörte sie nun Karin im Haus rufen.

Offenbar gab es einiges zu besprechen. Karins Handy hatte geklingelt, und nun war sie schon seit Längerem verschwunden. Emma ging zur Liege, die neben einem Tisch und zwei Stühlen halb im Wald stand. Sie trank Wasser, nahm sich eine Tomate aus der Schale, ließ sich auf die Liege fallen. Rubio war schon da. Er erhob sich, legte seinen warmen, schweren Kopf auf ihre Beine. Emma kraulte ihn. Er stupste sie, wenn sie aufhörte, das immer gleiche Spiel. Sie schreckten beide auf, als Karins Stimme über ihnen ertönte.

»Stefanie wurde ermordet!«

Emma sprang so schnell hoch, dass ihr kurz schummrig wurde.

»Stefanie? Die Stefanie von der Führung?«

»Ja, sie.«

»Wer sagt das? Mit wem hast du telefoniert?«

»Mit Valeria. Einer Bekannten aus Meride.«

Karin unterdrückte ein Schluchzen. Emma legte ihr den Arm um die Schultern. Ihre Gedanken rasten. Stefanie Schwendener. Die junge Frau, die sie am Tag zuvor durch die Spaghettifabrik geführt hatte, ermordet?

»Wie ungerecht«, murmelte Emma.

Das war immer ihr erster Gedanke. Schon als Kind fand sie vieles ungerecht. Dabei hätte sie wegschauen können, wie alle anderen. Was musste es sie kümmern, wenn eine Klassenkameradin verprügelt wurde? Die war selbst schuld, hatte ihr loses Maul zu weit aufgerissen, Gift versprüht gegen die Bande von Jungs. Andererseits war sie so ein zartes blondes Wesen. War es gerecht, wenn sich vier brüllende Kerle auf sie stürzten? Nein. Also warf Emma sich dazwischen. Und was hatte sie damit zu tun, dass der Klassenbeste einer mit Brille, abstehenden Ohren und Sommersprossen war? Nichts. War es gerecht, dass niemand mit ihm sprach? Dass sich alle mit einem Schulterzucken abwandten, wenn er das Wort an sie richtete? Emma hörte ihm zu, auch dann noch, wenn sich der Pausenhof längst geleert hatte. Als Emma verkündete, dass sie später einmal Kriminalkommissarin werden wollte, um die Ungerechtigkeit aus der Welt zu schaffen, hatte ihr Vater gelacht. So auch Fräulein Huber, die Grundschullehrerin, bei der sie ihre Berufswünsche zeichnen mussten. Emma hatte sich eine Polizeimütze auf die wilden Locken gesetzt, eine Pistole in jeder Hand, von klobigen Fingern umfasst. Sie war bereit, das Böse zur Strecke zu bringen. Sollten die lachen, so viel sie wollten.

Seit einer Weile schon ging Emma hin und her, von Rubio schwanzwedelnd begleitet. In ihrem Hirn ratterten die

Gedanken. Es gab nichts, was sie dagegen tun konnte. Einmal Ermittlerin, immer Ermittlerin, auch in den Ferien.

»Warum tötet jemand eine nette, hübsche Kindergärtnerin aus Oberwil, die nebenberuflich als Reiseleiterin im Mendrisiotto arbeitet?«

Karin reagierte nicht. Sie saß mit blassem Gesicht am Tisch und nippte an dem Wasserglas, das Emma ihr gereicht hatte.

»Wo wohnte sie?«, fragte Emma.

»Am Dorfeingang.«

»Bei der Spaghettifabrik?«

»Nein. Am anderen Ende. Dort, wo das Postauto hält. In dem kleinen Eckhaus mit der schönen Steinfassade.«

Emma wusste nicht, welches Eckhaus. Schöne Steinfassaden gab es hier einige, aber die Haltestelle hatte sie gesehen, »Meride Paese«. Eine Gruppe von rotgesichtigen Deutschschweizern hatte auf der Bank gesessen, die karierten Hemden nass geschwitzt, die Sprüche lahm nach einem oder zwei Bier.

»Zur Miete?«

»Ja. Das Haus gehört den Peverellis.«

»Warst du mal bei ihr?«

Karin schüttelte den Kopf.

»Wie gut kanntest du Stefanie?«

»Sie hat mir ein bisschen geholfen«, sagte Karin und deutete auf das Haus. »Auch mit dem Mosaik bei der Tür.«

Sie verbarg das Gesicht in den Händen. Emma setzte sich neben sie, legte einen Arm um sie.

»Wann war das?«

»Im April.«

»Komm, trink mehr Wasser«, sagte Emma, schenkte nach und schob das Glas sanft gegen Karins Arm. Sie drückte Karin erneut und erhob sich.

»Später erzählst du mir alles, was du über Stefanie weißt.«

Emma versuchte, ihre Erinnerung an die Führung in der Fabrik nochmals durchzugehen. Karin hatte den Ausflug vorgeschlagen und sie angemeldet. Montag, elf Uhr, wenn die Tour durch die Spaghettifabrik Savelli in deutscher Sprache angeboten wurde.

»Italienisch geht auch«, hatte Emma gesagt. »Eigentlich lieber auf Italienisch.«

Keiner traute ihr diese Sprache zu. Jeder riss die Augen auf, wenn sie loslegte, Emma Tschopp, geborene Bellucci. Karin hatte ihren Wunsch überhört, und so waren sie zusammen mit sieben weiteren Interessierten von Stefanie Schwendener in deutscher Sprache mit Basler Dialekt begrüßt worden. Eine zierliche Frau, Emma schätzte sie auf etwas über dreißig. Sie hatte ein hübsches Gesicht, helle Haut, rotes, schulterlanges, glattes Haar. Zurückhaltende Gesten, eine angenehme Stimme. Sie gab kompetente Erklärungen zum Produktionsprozess, ließ den Gästen genügend Zeit, sich selbst umzusehen. Emma war lange auf dem kleinen Steg gestanden, zwei Meter über dem Rührwerk. Es mischte Wasser und Hartweizengrieß, frei von Gentechnik und regional, wie Stefanie Schwendener betonte. Es schlug und knetete, verwandelte die kargen Zutaten in eine blassgelbe, zäh wabernde Masse, die sich aufbäumte und zusammensackte. Herrscher über das Rührwerk waren der Patron und Dante Savelli, der älteste Sohn. Der Mann mit weißem Arbeitskittel und Haarnetz hatte, der Gruppe den Rücken zugewandt, Spaghettischnüre auf dem Band geordnet. Laut Stefanie Schwendener wusste Dante noch besser als sein Vater, wie das Herzstück der Firma zu behandeln war. Einmal im Jahr zerlegte er das Rührwerk in seine Einzelteile, schrubbte und spülte, ölte und setzte alles wieder so zusammen, dass es für weitere zweitausend Stunden funktionierte.

»Er ist Historiker und Doktor der Philosophie«, flüsterte Stefanie Schwendener verschwörerisch, als der leicht gebückte Mann Richtung Trockenraum ging. »Er ist auch schon im Fernsehen aufgetreten.«

Emma hatte ihm erstaunt hinterhergesehen, während der Gruppe das nächste Mitglied dieser Familie vorgestellt wurde, die nur eines kannte, wie Stefanie Schwendener wiederholt versicherte: gemeinsam für Qualität einstehen.

»Francesco Bernasconi, er ist eingeheiratet«, sagte sie und gab dem Mann ein Zeichen, damit er ein paar Begrüßungsworte sagen konnte. Holpriges Deutsch, aber sehr charmant. Er war nebst dem Trocknungsprozess für das Schneiden der Pasta zuständig.

An der Schneidemaschine betätigte sich auch der Patron. Emma hatte ihn zuvor draußen eine Zigarre anzünden sehen, eine Krumme, die sie aus den Friedrich-Glauser-Filmen mit Wachtmeister Studer kannte. Der alte Savelli hatte mit geübter Geste den Grashalm herausgezogen und ein Stück der Spitze entfernt. Jetzt in der Fabrik streifte er sich dünne Gummihandschuhe über seine nikotingelben Finger. Danach schwang er die Klinge, wischte die halbierten Spaghettischlaufen resolut in Kistchen, mit Routine und Konzentration, ohne sein Publikum zu beachten. Er war groß, kräftig gebaut und sah aus wie die ältere Ausgabe seines Sohnes Luigi. Dem Zweitgeborenen waren sie zu Beginn der Führung begegnet. Er hatte sie vor der Weltkarte als Geschäftsführer begrüßt und die Firmengeschichte in ein paar Sätzen umrissen. Als Basis für den Erfolg pries er die Familie, arbeitsame Menschen, vor drei Generationen aus Kalabrien eingewandert. Migranten, die etwas wollten: Geld verdienen, nicht bloß überleben. Dann war er in einem winzigen Büro verschwunden. Im Packraum arbeitete Alessia Bernasconi-Savelli, Tochter des Hauses und Frau von Francesco. Sie lächelte der Gruppe freundlich zu und füllte von Hand Pasta in Tüten. Spaghetti und Penne, immer zu tausend Gramm. Sie verschloss die Tüten sorgfältig, ordnete sie in Kisten, die gestapelt auf den Transport zu jenen warteten, die sie in feinen Restaurants zu Gerichten mit schönen Namen verkochten.

Applaus. Damit endete die Führung.

Was hatte Stefanie Schwendener gesagt, als sie im Anschluss noch ein wenig geplaudert hatten? Als sie gefragt wurde, ob sie als eine aus der Deutschschweiz, als »Zücchina«, mit Feindlichkeiten seitens Einheimischer konfrontiert sei? So, wie es immer behauptet wurde?

»Noch nie«, hatte Stefanie Schwendener gesagt. »Es sind alle so nett hier.«

Wie man sich täuschen konnte.

7

In der Via Ercole Doninelli rollte der junge Polizist die Absperrbänder zusammen. Die Menge Neugieriger hatte verstanden, dass es ihr nicht gelingen wird, einen Blick ins Innere der *fabbrica* zu werfen, und löste sich langsam auf. Gestalten in Schutzanzügen gingen durch das Tor hinein und hinaus, mit Koffern, über deren Inhalt nur spekuliert werden konnte. Die Neugierigen mit Geduld und viel freier Zeit kriegten mit, wie ein Sarg aus der Fabrik getragen und in einen Wagen geschoben wurde. Da war sie, die Zücchina auf dem Weg zur Obduktion. Jeder hatte eine ganz eigene Vorstellung davon, wie das Opfer im Sarg aussah. Wieder wurden Kreuze geschlagen. Auf dass sie ihre ewige Ruhe fand, *la povera*. Sie sahen zu den Fenstern im Haus nebenan hoch, wo Antonio Savelli wohnte, da, wo seine Großeltern aus einem halb zerfallenen Winzerhof bewohnbare Räume geschaffen hatten und seine Eltern geboren worden und gestorben waren. Dann wandten sich die Männer und Frauen von Meride mit einem Schauder von diesem Haus und seinem Patron ab. Hier hatte der Teufel seine Finger im Spiel.

Antonio Savelli schlief tief. Eine der vielen Personen, die in der Fabrik das Kommando übernommen hatten, hatte ihm eine Spritze gegeben und angeordnet, dass jemand aus dem Ermittlungsteam bei ihm blieb. Nun saßen sie zu zweit in diesem stickigen Zimmer, ein schwitzender Polizist, der immer wieder einnickte, und Dante Savelli, Antonios ältester Sohn. Es roch nach kaltem Rauch. Dante betrachtete den vollen Aschenbecher auf dem Nachttisch seines Vaters. Bewundernswert stur ignorierte *papà* alles, was ihn von seinen geliebten Brissagos abhalten sollte, auch die Tatsache, dass er längst nicht mehr ein Ur-Tessiner Produkt unterstützte, von Tessinern für Tessiner und Italiener gemacht, wie er immer behauptete, sondern die deutsch-schweizer Firma Burger Söhne mit Sitz im Aargau, die ihre Gewinne mit Eventlocations neben den Fabrikräumen in Brissago optimierte. Eventlocations. Dante versuchte, sich wieder auf den Text vor sich zu konzentrieren. Er hatte ein Buch aus seiner Wohnung an der Piazza Mastri geholt, um sich die Zeit ein wenig zu vertreiben.

»Wie kannst du jetzt ans Lesen auch nur denken?«, hatte Luigi ihn angefahren und auf den Vater gewiesen, der aschfahl dalag, während seine Wunde an der Stirn versorgt wurde.

»Weil ein Buch in jedem Fall hilft. Auch in diesem Wahnsinn hier«, hatte Dante geantwortet und Richtung Kühlraum gezeigt.

Nun drang aus der *fabbrica* nebenan eine Männerstimme zu ihnen hoch. Sie gehörte dem Commissario. Der Mann telefonierte. Dante schüttelte den Kopf. Diese Betriebsamkeit, wo doch für heute alles getan war. Sogar die Gaffer waren nach Hause gegangen. Ihre Hoffnung auf Blutströme und einen mutmaßlichen Mörder, der in Handschellen abgeführt wurde, war zerschlagen. Es blieb nur das Warten auf den nächsten Tag. Auch wenn das hektische Telefongespräch des fleißigen Chefbeamten etwas anderes suggerierte. Ihnen blieb nichts anderes übrig, als zu warten. Auf Berichte aus dem Labor weit weg im Tal unten, auf neue Befragungen, die Widersprüche zutage brachten, weil die Befragten von ihrer Version abwichen, ihren Erinnerungen nicht trauten.

Dante dachte an seine Schwester, die heute fast pausenlos geweint hatte. Ihr Mann Francesco, sein Schwager, war mit dunklen Augenringen umhergeschlichen und hatte nach Alkohol gerochen. Gefeiert hätte er, hatte er allen ungefragt erklärt, den Geburtstag eines Kollegen, bis frühmorgens, in Como. Und Luigi, der große Geschäftsführer, hatte den Commissario angefleht, sie alle an ihre Arbeit zurückkehren zu lassen. Luigi hatte die weiße Stecknadel vor sich hergetragen, die aus der Karte gefallen war. Ein Zeichen für den beginnenden Zerfall der Firma sei das, hatte er gejammert, man solle ihn um Gottes willen die Arbeit tun lassen, die getan werden musste. Dieser Wicht mit Tendenz zum Drama. Dann war da *papà*, der mit zitternden Händen und Lippen in seinem Bett lag und alle paar Minuten aufjaulte, bis er eine Spritze erhielt und einschlief.

Dante erhob sich, um den Lappen auf der Stirn des Vaters erneut in das Becken mit kaltem Wasser zu tauchen. Als er ans Kopfende des Bettes trat, stieß er gegen das Schränkchen, das als Nachttisch diente. Ein jäher Schmerz fuhr ihm ins Knie. Er bückte sich. Da steckte ein Schlüssel, wo vorher nie einer gewesen war. Dante drehte ihn, öffnete das Schränkchen. Es war leer. Er wollte es eben schließen, als er das Papier sah. Er griff danach, betrachtete es im schwachen Licht des abgedunkelten Zimmers. Es war eine Schwarz-Weiß-Fotografie, das Gesicht einer jungen Frau mit schmalem Gesicht. Ihre fast schwarzen Augen und die vollen Lippen deuteten ein Lächeln an. Sie trug das Haar hochgesteckt, eng um den Hals gelegt eine schimmernde Perlenkette, an der Bluse eine Brosche in Form einer Blume. Dantes Herz klopfte heftig. Er sah seinen *papà* von damals im Schlafzimmer sitzen, mit dem Rücken zur Tür. Dante hatte das Zimmer betreten, als *papà* nicht antwortete, und über dessen Schulter geschaut.

»Ist das *mamma*?«, hatte er gefragt, und Antonio war von seinem Stuhl hochgeschossen, hatte das Bild an sich gepresst und mit einer Stimme geflüstert, die Dante Angst machte:

»Raus hier.«

Danach hatte *papà* sehr lange nicht mehr mit ihm gesprochen. Dante wusste für immer: *Papàs* Zimmer betreten war verboten. Und nie, niemals sprach man über *mamma*.

Antonio Savelli tauchte langsam aus der Tiefe seines Schlafes auf, von einem Traum begleitet. Er stand in einer Kirche am Altar, es war die Chiesa San Rocco in seinem Dorf, aber mit einem Priester, den er nicht kannte. Die Orgel spielte sehr laut. Er suchte Matilda. Viele Menschen waren da, Männer, Frauen und Kinder. Wo war seine Braut? Er ging durch das Kirchenschiff zurück, an den Bankreihen entlang, schaute in fremde Gesichter. Manche lachten, schnitten Grimassen, einer stellte ihm ein Bein. Er stolperte und wollte nach Matilda rufen, aber er brachte keinen Ton heraus. Da. Da war sie. Bei der Kirchentür, im weißen Kleid, einen langen Schleier hinter sich herziehend. Der Schleier reichte beinahe bis zu ihm. Er wollte ihn fassen, sich an dem Stoff entlang bis zu Matilda hangeln. Er eilte dem Schleier hinterher, bückte sich immer wieder, um ihn festzuhalten. Vergeblich.

»Warte, Matilda!«, wollte er rufen.

Doch sie eilte zur Kirche hinaus und nach rechts in die Via Bernardo Peyer. Erst jetzt sah er das Kind. Ein kleines Mädchen mit roten Haaren, so rot, dass ihr Anblick seinen Augen wehtat. Das Mädchen zog Matilda an der Hand hinter sich her. Matilda lachte, und das Kind lachte auch. Alle lachten ihn aus. Überall an der Straße standen fremde Menschen, sahen ihm zu und lachten. Er rannte schneller. Er fasste den Schleier mit einer Hand, zog. Er zog und zerrte. Da war viel Stoff, keine Matilda. Er verhedderte sich, fiel zu Boden. Die Fremden scharten sich um ihn, bewarfen ihn mit etwas, das schmerzte. Bevor er mit einem heiseren Krächzen in der Kehle aufwachte, sah er das Mädchen. Es beugte sich über ihn und warf Reiskörner aus einem weißen Beutel. Sie bohrten sich wie Pfeile in seine Haut.

8

Emmas Kollege Alex rief an, als sie mit Karin und Rubio im Campingbus nach Meride unterwegs war. Karin hatte darauf bestanden, mitzukommen. Emma hatte nachgegeben, ihr aber das Versprechen abgenommen, sich von jemandem aus dem Dorf zurück zum Rustico fahren zu lassen oder ein Taxi zu nehmen, wenn ihr alles zu naheging. Sie hatten eben die Brauerei Maitri Beer hinter sich gelassen, und Emma hatte sich gewundert, weil sie Bier und das Tessin bisher noch nie zusammengebracht hatte.

»Störe ich dich?«, dröhnte eine Männerstimme durch den Bus, so laut, dass Karin auf dem Beifahrersitz zusammenzuckte.

»Aber nein, lieber Alex«, sagte Emma und drehte die Freisprechanlage etwas leiser. »Ich habe auf deinen Anruf gewartet.«

»Ach ja?«, sagte Alex, nun etwas misstrauisch. »Es tut mir leid, dass ich dich in deinen Ferien stören muss. Du bist doch im Tessin, richtig?«

»Richtig. Bei den Sportplätzen von Arzo. Hier spielen Mädchen Fußball, Alex, sehe ich eben. Bei euch im Club auch?«

Sein Gesicht lief jetzt rot an, sie wusste es und grinste. Er gab sich Mühe, freundlich zu bleiben.

»Wie gesagt. Es tut mir leid, dich in deinen Ferien zu stören, aber …«

»Geht es um die Kindergärtnerin aus Oberwil?«

Stille. Das gab zwei Punkte für Emma. Sie wartete.

»Du bist …?«

»Informiert, genau. Ich bin unterwegs zum Tatort.« Emma grinste immer noch vor sich hin. Noch zwei Punkte.

Alex fasste sich und schluckte alle Fragen herunter. Wie Emma es liebte, schneller als er zu sein.

»Das Opfer war zuletzt in Basel-Landschaft wohnhaft. Presser lässt fragen, ob du unseren Teil übernehmen und vor Ort nach dem Rechten schauen kannst.«

Ach, Alex. Falsches Spiel. Das war seine eigene Idee. Ihrem Vorgesetzten hatte sie nie gesagt, dass sie Ferien im Tessin machte.

»Dir würde es hier gefallen«, sagte Emma. »Jede Menge Rindsbraten und Ossobuco. Sogar lokales Bier haben sie. Artigianale.«

Stille.

»Die Überstunden werden mir ja alle ausbezahlt«, sagte Emma.

Alex seufzte.

»War ein Scherz.«

»Es würde die Sache vorantreiben, wenn du übernimmst.«

»Ja«, sagte Emma. »Es geht bestimmt schneller, als wenn du kommst.«

Zwei Punkte dazu. Sechs zu null für sie.

»Und wir schonen Ressourcen, gerade in diesen Zeiten«, sagte Alex. Er tat oft so, als würde er sie nicht hören. »So ein Zufall aber auch, dass du dort Ferien machst.«

»Die Ferien sind jetzt vorbei.«

»Dann übernimmst du?« Wie erleichtert er klang. Sie hätte ihn noch ein wenig zappeln lassen müssen.

»Mein Kontakt hier?«

»Commissario Bianchi vom Commissariato Lugano. Oder Chiasso. Die sind dort ganz anders organisiert, aufgeteilt nach Region. Wir haben telefoniert. Ich schicke dir seine Koordinaten.«

»Weiß er, dass ich komme?«

»Nein«, sagte Alex. »Ich wollte zuerst Rücksprache mit dir halten.«

Ein Punkt für Alex.

»Wurden die Angehörigen bereits informiert?«

»Der Vater ist zusammengebrochen, die Mutter betet.«

»Oh Gott«, sagte Emma. »Wer betreut sie?«

»Gaby.«

»Sehr gut. Geschwister, Partner, Kinder?«

»Keine.«

»Anstellungsbehörden?«

»Kindergarten und Primarschule Oberwil. Seit April hat sie unbezahlten Urlaub, geplant war er bis Ende Oktober.«

»Um was zu machen?«

»Laut Aussage der Mutter war sie von einem Ferienaufenthalt im Tessin im Oktober so begeistert gewesen, dass sie unbezahlten Urlaub genommen hat, um zurückzukehren.«

»Was hat sie so begeistert? Warum Meride?«

»Die Mutter hat keine Ahnung.«

»Hmm«, sagte Emma.

»Wir legen alle Informationen zum Fall ab. Du hast ja Zugang.«

Alex wusste genau, dass sie ihren Dienstcomputer immer bei sich hatte, für alle Fälle.

»Diesem Commissario«, sagte Emma, »kannst du schon mal ankündigen, dass ich mich bei ihm melde. Was ist er für einer?«

»Was weiß ich?«, brummte Alex. »Ein Beamter aus dem Tessin halt.«

»Bestimmt so ein *richtiger* Commissario mit dunklen Tränensäcken und zu enger Uniform.« Emma kicherte.

»Er kämpft gegen einen wachsenden Bauch und Frauen im Dienst.«

»Ich habe dir den Kontakt geschickt. Mach's gut, wir hören uns«, sagte Alex und legte auf. Er hatte erfolgreich delegiert, für ihn war die Angelegenheit erledigt.

»Aber gern«, sagte Emma ins Nichts. »Auch dir vielen Dank.«

Es war nun wieder still im Bus, nur Rubio grunzte im Schlaf. Emma ging die Informationen nochmals durch. Gut, dass Gaby den Fall betreute. Sie war die Beste im Care Team.

Emma sah eine betende Mutter vor sich, den verzweifelten Vater.

»Die armen Eltern«, murmelte sie. Und zu Karin gewandt: »Kanntest du sie?«

»Nein.«

»Erzähl mir von Stefanie.«

»Da gibt es nicht viel zu erzählen. Wir haben bloß dieses Mosaik zusammen gemacht. Und sie hat die Eingangstür abgeschliffen und gestrichen.«

»Woher kennt ihr euch?«

»Sie war bei mir im Nähkurs.«

Die Stimme klang, als würde Karin gleich wieder anfangen zu weinen.

»Du gibst Nähkurse?«

Emma realisierte, dass sie von ihrer Gastgeberin nicht viel mehr wusste, als dass diese ebenso leidenschaftlich gern Mosaike legte wie sie selbst. Karin nickte, Emma sah es aus dem Augenwinkel. Sie fragte noch ein bisschen weiter, und den knappen Antworten entnahm sie, dass Stefanie Schwendener im letzten September einen Kurs von Karin in Basel besucht hatte. Karin hatte ursprünglich Schneiderin gelernt, bevor sie dann über viele Weiterbildungen in der IT gelandet war. Sie wollte zurück in ihren ersten Beruf. Deshalb hatte sie begonnen, Nähkurse anzubieten. Ihr längerfristiger Wunsch war, davon leben zu können: Kurse im Winter und Frühling in Basel, wo sie wohnte, im Sommer und Herbst im Rustico bei Arzo.

»Du bist mutig«, sagte Emma. »Beginnst einfach mit etwas Neuem. Das würde ich nie wagen.«

Karin schwieg.

»Wann hast du mit Stefanie das Mosaik gelegt?«, fragte Emma. »Im April, hast du vorhin gesagt, richtig?«

»Ja.«

»Als Stefanie im September bei dir im Nähkurs war, wollte sie da schon nach Meride? Hat sie dir von ihren Plänen erzählt?«

Stille.

»Karin?«

Emma blickte kurz zu ihr hinüber. Karins Lippen zitterten.

»Oh nein«, sagte Emma. »Hast du Stefanie auf die Idee gebracht, nach Meride zu kommen?«

»Ich habe ihr doch nur davon erzählt.« Karins Stimme versagte.

»Und dann hat sie im Oktober hier Ferien gemacht. Bei dir?«

Karin schüttelte den Kopf. »Auf dem Campingplatz«, presste sie hervor, dann schluchzte sie auf. Emma legte ihr die Hand auf den Arm, so gut es ging beim Fahren.

»Es ist nicht deine Schuld, Karin. Du hast nichts mit dem zu tun, was geschehen ist.«

Die restlichen Kurven bis Meride weinte Karin still vor sich hin, während Emma tröstende Worte murmelte und versuchte, ihren Bus mit einer Hand zu steuern.

Emma parkte auf dem *parcheggio* bei der Mehrzweckhalle von Meride, suchte Münzen für den Parkautomaten. Karin wischte die Tränen weg, schnäuzte nochmals und schlug den Vorschlag von Emma aus, bei einem Kaffee auf sie zu warten, damit sie sich erst mal ein bisschen fassen konnte.

»Ich komme mit«, sagte sie. »Wohin gehen wir?«

»Zur Fabrik«, sagte Emma und speicherte die Nummer des Commissario in ihrem Handy. »Aber zuerst zeig mir bitte das Haus, in dem Stefanie Schwendener gewohnt hat.«

Rubio schien begeistert von all den Hunden, die den Parkplatz vor ihm besucht hatten. Er war kaum mehr von der kleinen Rasenfläche wegzubringen. Schließlich setzte sich Emma durch, und sie gingen die Kurve entlang zur Postautohaltestelle hoch. Karin wies stumm auf ein kleines Eckhäuschen, ein Zimmer breit, wie von Kinderhand aus schönen Steinen geschichtet, Erdgeschoss mit Tür und Fenster, im ersten Stockwerk ein zweites Fenster. Der vorgelagerte Torbogen war mit Quadern verziert, der sich dahinter erstreckende Hof mit weiteren Häusern ließ kühle Loggien erahnen. Niemand war zu sehen.

»Später«, murmelte Emma und widerstand der Versuchung, den Hof zu betreten. »Wo geht's da hoch?« Sie deutete auf die steile Gasse, die rechts am Torbogen vorbeiführte.

»San Silvestro. Kirche und Friedhof«, sagte Karin.

Sie gingen die Hauptstraße entlang, die keine Straße war, sondern eine Gasse. So breit wie eineinhalb Autos, an manchen Stellen ein bisschen breiter, sodass zwei Fahrzeuge knapp aneinander vorbeikamen. Seit Emma letzten Sommer mit ihrem Bus an einer Mauer entlanggeschrammt war, wegen eines Idioten auf der Gegenfahrbahn, der ihre Spur geschnitten hatte, hörte sie das Kreischen von Metall auf Beton, wenn sie solchen Manövern nur zusah. Aber die Frauen und Männer von Meride hatten ihre Steuer im Griff. Sie wechselten ein paar Worte von Autofenster zu Autofenster, während sich Touristinnen an Hauswände drückten und Radfahrer im Neondress auf ihre Zähler am Handgelenk sahen. Schon wieder ein Hindernis, das ihr Tagesziel beeinträchtigte. Emma, Karin und Rubio ließen das Museo dei fossili di Meride und das Gemeindehaus hinter sich. Gleich danach öffnete sich vor der Kirche San Rocco die Piazza Mastri. Ein geteerter kleiner Platz mit einem Brunnen, auf zwei Seiten von Häusern umgeben, ganz vorne von einer Mauer begrenzt, sodass man sich bequem aufstützen und auf die Häuser blicken konnte, die das Dorf gegen unten begrenzten. Dahinter neigte sich der Hang sanft weiter talwärts, üppige Gärten und Reihen von Reben wechselten sich ab. Diesen Ausblick genossen einzig die Fremden im Dorf. Zentrum und Anziehungspunkt auf der Piazza Mastri war die Bottega Bar l'Incontro, Umschlagplatz für das Neuste vom Tag und immer gut für einen schnellen *caffè*. Ein paar Stühle mit Tischchen gleich vor dem Eingang waren den Einheimischen vorbehalten, auf dem Platz draußen standen weitere Tische neben einer Lounge-Ecke unter Sonnenschirmen. Hier hatten Emma und Karin gestern Morgen vor der Führung in der Spaghettifabrik einen Cappuccino getrunken, bequem in die tiefen Sessel gefläzt. Jetzt, am frühen Nachmittag, saßen Straßenarbeiter beim Espresso vor dem Haus, an einem Tisch ein älteres Paar mit identischen Wanderhosen und -stöcken, beide auf ihren Handys tippend. Emma und Karin gingen weiter, Emma von Rubio gezogen, der dauernd die Straßenseite wechselte, die Nase am Boden. Sie war zu nachlässig mit dem Hund, sie wusste es. Aber warum ihm all diese aufregenden Duftnoten vorenthalten, ihn auf ihren Weg zwingen, stur geradeaus? Die Hauptstraße hieß nun Via Nottai Fossati-Oldelli, später ging sie in die Via Ercole Doninelli über. Ein paar Kinder rannten um die Wette, eines blieb bei Rubio stehen, um ihn zu streicheln, was er sich schwanzwedelnd gefallen ließ. Ab und zu ein Schatten hinter halb geschlossenen Fensterläden, der sich bewegte, sobald Emma die Fassaden hochsah. Dann kam die Spaghettifabrik, das letzte Gebäude links der Straße. Ein unerwartet kleines Haus, wie Emma wieder feststellte, aus Steinen gefügt wie die meisten traditionellen Bauten hier, ein Kunstwerk, unverputzt. Zur Via Ercole Doninelli hin lag die schmale Seite mit einem großen Tor. Darüber ein Schild mit dem Schriftzug »*Savelli – famiglia di pastai*«, schwarz auf gelb, als wäre damit alles gesagt. Vor dem Tor saß ein Mann mit muskulösen Oberarmen auf einer Kiste und starrte auf sein Handy.

»Hier ist ja gar nichts los«, sagte Karin, als sie an ihm vorbei waren.

»Ich hab's dir doch gesagt. Alle werden abgezogen sein, der Commissario und seine Leute, die Gerüchtekocher ebenfalls. Bloß ein Polizist in Zivil wird vor der Firma rumhängen und sich langweilen.«

Sie gingen noch ein Stück weiter und wandten sich dann um. Die Seitenfassade der *fabbrica* stand frei am Dorfende, von ein paar Metern Vorplatz begleitet. Daran schlossen sich Rebhänge an.

»Und jetzt?«, fragte Karin. Sie schien noch immer enttäuscht.

»Wer in Meride weiß am meisten über die Familie Savelli?«

Karin schüttelte den Kopf. »Das weiß ich doch nicht. Ich kenne hier niemanden.«

»Doch«, sagte Emma. »Diese Valeria, die dich angerufen hat. Hol sie her. Bottega Bar l'Incontro. Ich lade ein.«

Valeria arbeitete im Museum, das bis 17 Uhr geöffnet hatte. Danach musste sie Kasse machen, die Technik in allen Stockwerken herunterfahren, die Alarmanlage einschalten.

»Vor 17:30 Uhr geht bei mir gar nichts, *cara*.« Valeria redete so laut, als Karin sie anrief, dass Emma alles mitbekam.

»Aber komm einfach her, wenn du mich unbedingt sehen willst, und bring deine Freundin mit.«

Emma deutete auf Rubio.

»Wir haben noch einen Hund dabei«, sagte Karin.

Emma hörte Valeria lachen. »Bis zu mir darf er. Zu den Sauriern hoch nicht.«

Also gingen Emma und Karin und Rubio denselben Weg wieder zurück bis zum Museo dei fossili. Eine dunkle Nische in der Mauer war der Eingang. Ein laminierter Zettel wies darauf hin, dass man beim Verlassen des Museums von einem Auto überfahren werden konnte. Die Glastür glitt zur Seite, die drei drückten sich an einer Gruppe Kinder vorbei, die mit Zeichnungen in der Hand aufgeregt schnatternd im Foyer standen und ihre Begleiterin ignorierten, die sie zur Ruhe mahnte. Der Raum war unerwartet hoch. Die drei Stockwerke über ihnen reihten sich wie eine Galerie um ein Atrium. Dazu die Rekonstruktion eines Sauriers, über dem Eingangsbereich schwebend, der Kasse und Museumsshop zugleich war. Am Empfang Saurier überall, als Schlüsselanhänger, in Gummi gegossen, als Bleistiftaufsatz und Radiergummi, auf Foulards gemalt. Steine, naturbelassen oder zu Perlen geformt, Broschüren, Bücher und Postkarten vom Monte San Giorgio, dem Saurierberg, aus dem 240 Millionen Jahre alte Funde geborgen wurden. Zwei Besucher bezahlten eben ihre Eintrittskarten und durften wählen, in welcher Sprache sie das Faltblatt zur Ausstellung wünschten. Audioguides wollten sie keine.

Die Frau hinter der Kasse war Valeria, Emma erkannte ihre Stimme wieder. Valeria war klein und mollig, wendig in den Bewegungen. Das runde Gesicht wirkte lieb, kontrastierte mit der rauen Stimme. Ihre braunen Haare waren streng nach hinten gekämmt und zu einem Knoten gebunden.

Sie erklärte den Besuchern in abenteuerlichem Englisch, dass sie gekühltes Wasser aus dem Spender nehmen durften, wies auf die Toiletten rechts neben dem Eingang hin und empfahl, den Ausstellungsrundgang mit dem Film im ersten Stockwerk zu beginnen.

»*Ciao belle!*«, rief sie und winkte Karin und Emma zu, als die Besucher die Treppe hoch verschwunden waren. »*Un attimo!*«

Sie ging zur Gruppe hinüber und verabschiedete sie mit vielen guten Wünschen. Als alle draußen waren, wandte sich Valeria um und strahlte Karin und Emma an.

»*Benvenute.* Jetzt bin ich für euch da.«

Sie nahm wieder ihren Platz hinter der Kasse ein, reckte ihren kurzen Arm über die Theke, um zuerst Karin in den Arm zu kneifen und dann Emma die Hand zu geben.

»Valeria Peverelli, freut mich. Peverelli vom verarmten Zweig der Familie. Nicht die mit dem Palast. Deshalb der Job in dieser Hölle hier.«

Sie wischte sich mit dem Unterarm über die Stirn. Es war tatsächlich sehr heiß, auch Emma kitzelte der Schweiß im Nacken.

»Der große Architekt«, sagte Valeria. »Hat die Lüftung

vergessen. Mein Haus baut der jedenfalls nicht.« Sie lachte und ging zum Wasserspender. »Wir haben keine Luft hier, dafür Wasser.«

Sie füllte drei Becher, stellte sie auf die Theke und bedeutete Emma, einen Rubio hinzustellen, was diese tat. Er dankte es ihr mit lautem Schlabbern und ließ sich dann auf den Boden fallen.

»Und jetzt zu euch beiden Hübschen«, sagte Valeria.

Sie schaute dabei Emma an, die sich kurz vorstellte. Valeria nickte.

»Wusste ich's doch. Ihr kommt wegen ihr.«

Sie horchte kurz ihren Besuchern nach, deren Stimmen man in einem der oberen Stockwerke hören konnte, blickte dann zum Eingang. Von dort her kam niemand.

»Stefanie hat hier Workshops gegeben«, flüsterte Valeria. »Für Schulklassen und Kinder in der Freizeit.«

Sie wies zur Wand gegenüber, wo Hinweise auf Veranstaltungen hingen. Emma wollte etwas fragen, aber Valeria legte den Zeigefinger an die Lippen und beugte sich über die Theke.

»Und ich weiß auch, an welchem Tag das Unglück begann. Willst du es hören?«

Natürlich wollte Emma. Sie und Karin standen an der Theke und nippten an ihren Wasserbechern, während Rubio schlief und Valeria erzählte. Das Unglück begann am Tag der Trauung von Francesco Bernasconi und Alessia Savelli. Es regnete wie nie zuvor. Das Wasser sammelte sich in kleinen Bächen und floss in Strömen durch die Via Bernardo Peyer. Die Gemeinde drängte in die Kirche. Die Regenschirme versperrten den Eingang, die Frauen rutschten mit ihren durchweichten Schuhen. Es war ein Chaos. Als endlich alle saßen, trat Alessia in die Kirche, in einem wunderschönen Brautkleid. Aber da war kein Vater, der sie am Arm führte, auch keine Mutter. Alessia ging am Arm ihres Verlobten, dieses großen Mannes mit dem schönen Lächeln und dem glänzenden kastanienbraunen Haar. Als die beiden ihre Plätze vor dem Altar eingenommen hatten, verstummte die Orgel. Es war ganz still. Dann wurde die Tür aufgerissen und mit einem Knall zugeworfen. Alle wandten sich um. Antonio Savelli stand dort, der Brautvater. Die Gemeinde befürchtete, dass er schreien würde, was er schon Wochen zuvor durch die Gassen von Meride gebrüllt hatte:

»Wenn du zu diesem Hurenbock gehst, bist du nicht mehr meine Tochter!«

Der Hurenbock, der bereits eine Frau hatte, in Monza oder Milano unten, das wusste man, und wer weiß, wie viele andere Frauen noch.

»Nie mehr betrittst du mein Haus!«, hatte Savelli geschrien.

Alle hatten es gehört. Und nun war er trotzdem zur Hochzeit erschienen. Er ging zwischen den Bankreihen durch Richtung Altar. Alle starrten ihm nach. Jeder Schritt hallte wider. Endlos lange dauerte es, bis er ganz vorn angelangt war, dabei war die Kirche von Meride nicht wirklich groß. Er setzte sich aufrecht hin und starrte zum Altar, wo die Zeremonie nun begann und das Paar sich wenig später ewige Treue schwor.

»Treue, ha!« Valeria unterbrach ihre Erzählung, um sich einen Becher Wasser zu holen.

»Was ist falsch an Treue?«, fragte Emma.

»Nichts ist falsch an Treue. Ich bin für Treue, ich wäre der treuste Mensch der Welt, *cara*. Bloß interessiert das niemanden.«

Sie nahm wieder ihren Platz hinter der Kasse ein.

»Aber dieser Francesco, der graste schon bald über den

Gartenzaun. In der *fabbrica* spielt er immer schön den netten Schwiegersohn, aber im Verborgenen …«

»Stefanie Schwendener?«, fragte Emma.

Valeria beugte sich vor, sprach nun wieder leiser. Sie war lauter geworden im Eifer, die Geschehnisse im Detail zu beschreiben.

»Du hättest sie sehen sollen. Ein schüchternes Ding, als sie hier auftauchte. Wurde rot, sprach leise, traute sich kaum, einen anzusehen. Und dann. Wie sie aufblühte, diese *piccola* Zücchina. Wie sie den Kopf hochtrug, als sie durch das Dorf ging. Und in der *fabbrica* groß redete. Über die Firmengeschichte, blabla, Familienzusammenhalt, blabla, Weizen und Maschinen, blabla. Zu allem wusste sie etwas zu sagen. Sie sprach plötzlich laut und deutlich. Einzig mit den Kindern, das machte sie gut. Mit Kindern konnte sie wirklich. Aber etwas war ihr zu Kopf gestiegen. Einmal fingerte sie hier an meinen kleinen Tierchen herum.«

Valeria deutete auf die bunten Saurierfiguren aus Plastik, die liebevoll geordnet auf der Theke standen und sich begierigen Kinderaugen präsentierten.

»›Was tust du da?‹, hatte ich gefragt. Da wurde die Signorina rot und hauchte: ›Ich habe sie bloß ein wenig zurechtgerückt.‹«

Valeria klopfte mit den Knöcheln ihrer linken Faust auf die Theke.

»›In meinem Museum gibt es nichts zum Zurechtrücken‹, habe ich gesagt. Der Zücchina war wirklich etwas zu Kopf gestiegen.«

Francesco war es, der geil hinter seiner Pasta hervorschielte und ein erprobtes Repertoire bereithielt. Ein Lächeln, immer wieder, nicht nur zum Grüßen vor und nach einer Führung. Ein langer Blick. Ein sehr langer Blick. Ganz nah ging er an ihr vorbei, weil es in der *fabbrica* so eng war. Er streifte ihren Arm, ihre Hüfte. Nahm ihre Hand auf dem Weg nach draußen, ganz kurz. Er führte sie in den Trocknungsprozess von Pastateig ein, nach Feierabend. Man sah ihn die Salita San Silvestro hinaufgehen, vorbei am Haus, wo diese Zücchina wohnte. Alle wussten, dass er nach Cassina unterwegs war. Um es dort mit ihr zu treiben. In der Schutzhütte im Wald oben. Oder in der Fabrik. Im Trockenraum, zwischen Spaghettischnüren. Oder im Luxushotel, wenn es sein musste, in Serpiano drüben.

»Und seine Frau?«, fragte Karin.

»Alessia füllte Pasta in Tüten und lächelte freundlich«, sagte Valeria. »Bis sie nicht mehr konnte.«

»Wie meinst du das?«

»Ist doch klar«, sagte Valeria. »Bis sie das zerstörte, was sie kaputt machte.«

Emma ging zum Dispenser hinüber, füllte die Becher für alle nach.

»Dann hast du zugesehen?«

Valeria riss die Augen auf. »Wobei?«

»Dem Treiben von Francesco Bernasconi und Stefanie Schwendener.«

»Wo denkst du hin! Francesco hat in all den Jahren gelernt, seine Affären geheim zu halten.«

»All die Jahre?«, fragte Emma.

»Aber sicher«, schnaubte Valeria, »seit der zweiten Hochzeitsnacht. Er geht weg, wenn er denkt, dass alle in Meride schlafen, und schleicht sich wieder ins Haus, bevor es hell wird. Ganz Meride weiß Bescheid.«

»Gibt es irgendetwas, was nicht ganz Meride weiß?«

Valeria überlegte. »Ja. Aber das hat nichts mit dem Mord zu tun.«

»Macht nichts.«

Valeria zögerte. »Die alte Savelli. Die Mutter von Alessia

und ihren Brüdern. Warum sie sich erhängt hat, bleibt ein Geheimnis.«

»Ein Suizid in der Familie«, sagte Emma. »Auch das noch.«

»Es tut mir leid, *cara*«, sagte Valeria. »Hier gibt es nichts, was es nicht gibt.«

Sie wurden von zwei Besucherinnen unterbrochen, die das Museum betraten. Zuvor hatte Emma erfolglos versucht, von Valeria einen Kontakt von jemandem zu erhalten, der noch mehr über die Familie Savelli wusste.

»Findest du hier nicht«, beschied ihr Valeria. »Zwei, drei Alte vielleicht, die noch irgendetwas mitgekriegt haben. Aber die sind alle gaga. Die leben in ihrer eigenen Welt.«

Emma und Karin gaben ihren Platz vor der Kasse frei, Rubio erhob sich verschlafen und tappte hinter Emma her zur Wand mit den Plakaten, wo die »Laboratori creativi con Stefanie Schwendener« ausgeschrieben waren. Nachdem die beiden Besucherinnen in die Ausstellungsräume hochgegangen waren, winkte Valeria sie wieder zu sich und ließ sich über Dante Savelli aus. Antonio Savellis Erstgeborener schien ihr Lieblingsthema zu sein. Der Philosoph. Der Mann, der so viel im Kopf hatte, dass er sogar mal im Fernsehen war. Alle in Meride hatten vor ihren Geräten gesessen und gestaunt, wie schick Dante plötzlich aussah. Sie konnten es kaum fassen. War das derselbe Mann, der in der *fabbrica* Spaghettischnüre hin und her schob? Kein leicht gebeugter Mann mehr, der in seinem Arbeitskittel durchs Dorf schlurfte, das Haarnetz noch auf dem Kopf. Nein, elegant sah er aus in diesem schönen dunkelblauen Anzug samt Hemd und Krawatte. Bestimmt hatte ihn eine Stylistin vom Fernsehen so vorteilhaft herausgeputzt. »Dr. Dante Savelli, Historiker und Philosoph« war am

Rand unten im Bild eingeblendet, »Experte Schmugglerinvasion«. Wie gescheit er redete!

»Experte Schmugglerinvasion?«, unterbrach Emma sie.

»Ja. An unseren Grenzen hier. Wegen Mussolini und so. Menschenschmuggel. Und Reis. Und Waffen. Dante kennt die ganzen Geschichten.«

Dante wurde nach der Fernsehsendung wie ein Held gefeiert. Täglich erhielt er Besuch in der *fabbrica*, wo er weiterhin Gestelle mit Spaghettischnüren in den Trockenraum schob. Eine aufdringliche aufgetakelte alte Schachtel brachte selbstgemachte Zitronenlimonade und *torta di pane*, ein Hobbyschmuggelforscher sein Manuskript zur Prüfung, eine Lehrerin aus Riva San Vitale schickte ihre Klasse für ein Interview hoch. Wie liebenswürdig Dante mit allen umging, wie geduldig er zuhörte und Fragen beantwortete. So nett war er. Auch wenn er ein bisschen eigensinnig wirken konnte, der Dottore.

»Dottore Dante Savelli«, wiederholte Valeria und schüttelte den Kopf, »wer hätte je gedacht, dass er seine Familie verraten würde?«

Emma setzte den Becher wieder ab, aus dem sie eben trinken wollte.

»Verraten?«

Dante Savelli stand am Fenster seiner Wohnung mit Blick auf die Piazza Mastri. Nur er hatte etwas Abstand zwischen sich und die Familie bringen können, war immerhin zweihundert Meter weggezogen von dem Ort, wo er aufgewachsen war. Die Häuser seiner Geschwister duckten sich für immer im Schatten der *fabbrica*. Dafür hatte er nur eine Zweizimmerwohnung, im ersten Geschoss gegenüber der Bottega Bar l'Incontro. Aber das reichte für ihn. Wozu brauchte er ein ganzes Haus, das nach Tradition und Moder roch? Dante schob den Laden ganz auf. Die Bewohnerinnen und Bewohner von Meride standen in Gruppen zusammen, um die Ereignisse des Tages zu besprechen.

»Ignoranten«, murmelte Dante.

Links bei der Mauerbrüstung erkannte er den Commissario, das Telefon am Ohr, dem Platz den Rücken zugewandt, den Blick auf die Gärten und Rebhänge gerichtet, die sich unterhalb des Dorfes ausbreiteten. Vor der Kirche standen diese Deutschschweizerin, die den alten Stall von Albisetti gekauft hatte, und Valeria, die Schwätzerin. Sie schienen sich von einer dritten Frau mit Hund zu verabschieden, die er noch nie gesehen hatte. Dante kniff die Augen zusammen. Es war ein Labrador. Einer, wie er ihn sich als Kind gewünscht hatte. Ein schönes Tier mit weichem Fell, an das er sich hätte kuscheln können, in dem er sein Gesicht hätte wärmen können.

»Besser als *mamma*!«, hatte er geschrien, bevor ihn der Hieb seines Vaters traf.

Dante ging zum Tisch zurück, betrachtete wieder die Fotografie der jungen Frau. Er hatte das Papier vorhin reflexartig eingesteckt und aus dem Zimmer des Vaters getragen, vorbei am dösenden Beamten. So also hatte seine Mutter ausgesehen, bevor sie zu der Frau geworden war, die er als Junge kannte. *Mamma.* Es waren bloß fünf Buchstaben, die er aber kaum über die Lippen brachte. Diese Frau ohne Fleisch und Blut und mit Augen, die immer an ihm vorbeisahen. Felsenhart der Schoß, den er vergeblich zu erklettern versucht hatte. Eiskalt ihre Hände, die ihn von sich stießen, als er noch klein war und schwach.

»Und jetzt«, sagte Dante, »tauchst du hier auf, nach all den Jahren. Was soll das denn, *mamma*?«

Er griff nach der Fotografie und zerriss sie in viele kleine Stücke. Dann warf er sie in die Toilette und spülte.

Emma saß mit Commissario Bianchi im Packraum der *fabbrica* auf Kisten. Sie hatten ihre Computer vor sich platziert, ebenfalls auf einer Kiste. Emma lächelte vor sich hin, während sie ihre Vorstellung von einem Commissario aus dem Südkanton mit dem Mann neben sich abglich. Von wegen Tränensäcke. Signore Bianchi hatte auch keinen dicken Bauch, den er mit einer zu engen Uniform zu kaschieren versuchte. Eben schlug er seine langen Beine übereinander und beugte sich nach vorn, klickte von Bild zu Bild. Emma hatte seine Nummer gewählt, nachdem sie Rubio zur Betreuung an Karin übergeben konnte und Valeria ihr versprochen hatte, die beiden mit ihrem Auto ins Rustico zurückzufahren. Karin sah etwas mitgenommen aus. Emma hatte sie und Valeria nach Feierabend zu einem Glas Weißwein eingeladen, selbst bloß Gazosa getrunken, mit Bedauern. Aber Dienst war Dienst, Ferien hin oder her.

Die drei waren abgezogen, und Emma stand vor der Kirche, das Handy am Ohr.

»*Pronto*, Bianchi. *Chi parla?*«, hatte sich eine angenehme Stimme gemeldet.

»Emma Tschopp«, sagte sie, »Polizei Basel-Landschaft. Ich unterstütze Sie im Fall Stefanie Schwendener bei den Ermittlungen. Wo finde ich Sie?«

»Sehr erfreut«, sagte die Stimme. »Wo sind Sie jetzt?«

»In Meride. Piazza Mastri, vor der Kirche.«

»Alles klar. Ich sehe Sie.«

Sie hielt das Telefon noch immer am Ohr, als plötzlich ein Mann vor ihr stand und ihr die Hand entgegenstreckte.

»Marco Bianchi. *Benvenuta.*«

Ihr Gegenüber war einen Kopf größer als sie, hatte markante Wangenknochen wie ein Model und einen aufmerksamen Blick. Sehr schöne braune Augen. Dunkle Haare, an den Schläfen von ersten silbernen Fäden durchzogen. Sie machte den Mund auf und wieder zu.

»Emma Tschopp. In den Ferien, ab jetzt im Dienst.«

Der Commissario äußerte sein Bedauern darüber, dass Emma auch in den Ferien mit einem Verbrechen konfrontiert war, wo es doch hier einiges zu entdecken gab, den Saurierberg zum Beispiel, UNESCO-Weltkulturerbe. Ob sie schon im Museo dei fossili war? Und die seltenen Schwertlilien an den Hängen des Monte San Giorgio gesehen habe, die Gladiolen, die sonst nirgendwo mehr zu finden waren?

»Nichts von alldem«, unterbrach Emma und verdrehte die Augen, aber bloß innerlich. Schwertlilien. Gladiolen. »Wollen wir mal an die Arbeit, Signor Bianchi?«

Sie war an der Seite des Commissario die Via Nottai Fossati-Oldelli entlanggegangen, von den Blicken der Bewohnerinnen und Bewohner von Meride verfolgt. Er berichtete ihr kurz über den Stand der bisherigen Ermittlungen. Die Spurensicherung war für heute abgeschlossen. Befragungen aller Mitglieder der Familie hatten stattgefunden: die Söhne Luigi und Dante, der Vater Antonio Savelli, der Schwiegersohn Francesco Bernasconi, dessen Frau Alessia Bernasconi-Savelli. Zudem war die Putzfrau befragt worden, die als Einzige außerhalb der Familie einen Schlüssel zur *fabbrica* hatte, und die Vermieterin von Stefanie Schwendener.

»Erste Erkenntnisse?«, fragte Emma.

»*Certo*«, sagte der Commissario und lächelte ihr zu. »Aber eins nach dem anderen. Und nicht hier. Meride hört mit.«

Vor der *fabbrica* hatte der wachhabende Beamte Emma herablassend gemustert, sie aber hinter seinem Chef eintreten lassen. Es war sehr still im Vergleich zum geschäftigen Betrieb einen Tag zuvor. Sie zogen sich Schuhüberzieher und Einweghandschuhe an. Schritten alle Räume ab, soweit das die Absperrungen zuließen. Im Kühlraum umriss eine Linie die Gestalt, die auf den Fliesen gelegen hatte. Emma lief ein Schauder über den Rücken.

»Tod durch Erfrieren, nehme ich an? Aber kein Mensch lässt sich widerstandslos in einem Kühlraum einsperren.«

»Nein«, sagte der Commissario, »außer, er wurde vorher niedergeschlagen.«

»Hier drin?«

Der Commissario nickte.

»Und was macht Stefanie Schwendener nachts im Kühlraum?«

»Vielleicht wurde sie unter einem Vorwand hergelockt.«

»Hmm«, sagte Emma und erinnerte sich an Valerias Worte: ›Alle wissen, dass sie es treiben. Im Trockenraum, zwischen Spaghettischnüren.‹

»Sie denken an Sex«, sagte Emma.

»Ich nicht«, sagte der Commissario und schloss die Tür zum Kühlraum wieder. »Aber vielleicht Stefanie Schwendener?«

»Das Opfer begibt sich also freiwillig in den Kühlraum.«

»Es scheint so«, sagte der Commissario.

»Und lässt sich dort niederschlagen?«

»Allenfalls gab es ein Gerangel. Am Kleid der Toten ist die Naht unter dem rechten Arm ein kleines Stück weit aufgeplatzt.«

»Das muss nicht in dieser Nacht passiert sein.«

»Genau.« Der Commissario nickte. »Kommen Sie. Ich zeige Ihnen die Bilder.«

Sie gingen die Fotografien auf seinem Computer durch. Das Opfer von allen Seiten, aus der Nähe, in der Totalen. Die Verletzung rechts am Hinterkopf. Verstreute Haarbüschel.

»Morgen nach der Obduktion wissen wir mehr«, sagte Bianchi. »So wie es aussieht, wurde der Schlag – oder die Schläge, das ist noch nicht mit Sicherheit festzustellen – mit einem schweren, stumpfen Gegenstand ausgeführt. Die Haare wurden mit höchster Wahrscheinlichkeit nach dem Gefrieren geschnitten. Teilweise sind sie weggebrochen.«

»Von der Tatwaffe natürlich keine Spur?«

»Leider nein.«

»Wäre auch zu einfach.«

Emma nippte an ihrem Kaffee, den der Commissario von seinem unfreundlichen Mitarbeiter hatte holen lassen.

»Der Täter schließt die Tür von außen und verbarrikadiert sie so, dass sie von innen nicht geöffnet werden kann.«

»Ja, davon können wir ausgehen«, sagte Bianchi. »Am Riegel außen sind Kratzspuren.«

»Das habe ich gesehen«, sagte Emma. »Der Täter will sicher sein, dass die Frau nicht als Untote wieder aufsteht und halbgefroren aus ihrem Grab flüchtet. Deshalb kehrt er später in den Kühlraum zurück.«

»Mit der Schere aus dem Packraum«, sagte der Commissario.

Emma starrte auf die Bilder.

»Er schneidet ihre Haare. Warum?« Sie trank ihre Tasse leer und erhob sich, ging ein paar Schritte. »Oder war eine weitere Person involviert?«

»Theoretisch möglich«, sagte Bianchi, »das wäre eine interessante Konstellation. Der Haareschneider würde dann den Mörder decken, zumindest bis jetzt.«

Emma nickte. »So oder so, nach diesem Besuch blockiert der Täter den Türgriff nicht mehr von außen. Er weiß, dass die Leiche am folgenden Tag entdeckt wird.«

»Antonio Savelli. Er ist immer der Erste hier.«

»Wurde die Stütze gefunden?«

»Nein«, sagte der Commissario, »nichts, was zum Blockieren hätte dienen können.«

»Fingerabdrücke?«

»Viele verschiedene, überall. Es ist anzunehmen, dass sie von allen Familienmitgliedern stammen. Wir überprüfen das, aber ich verspreche mir keine Erkenntnis davon.«

»Und es hat tatsächlich niemand aus der Nachbarschaft irgendetwas gehört oder gesehen?«

»Wir haben alle befragt. Die Familienmitglieder, die hier in der unmittelbaren Umgebung wohnen, die alte Dame gegenüber, die Bewohnerinnen und Bewohner der Via Ercole Doninelli. Keine Auffälligkeiten.«

Bianchi erhob sich ebenfalls. Es wurde etwas eng, wenn beide auf und ab gingen.

»Signora Tschopp«, sagte er. »Sie sprechen dauernd vom Täter. Gehören Sie zu denen, bei denen die Frauen in der männlichen Form immer mitgemeint sind? Oder schließen Sie bewusst aus, dass es auch eine Täterin gewesen sein kann?«

Emma blieb stehen. Zwei Punkte für den Commissario.

»Sie sprechen von Alessia Bernasconi-Savelli«, sagte sie. »Oder der Putzfrau. Wie hieß sie noch mal?«

Bianchi hielt ebenfalls inne. Sie standen sich gegenüber. Emma sah die kleine Kuhle unter seinem Kehlkopf, da, wo der Hemdkragen ein wenig Haut freiließ.

»Lucia Cattaneo. Aber sie meine ich nicht. Ich spreche von Alessia Bernasconi-Savelli. Sie lügt.«

»Dann lassen Sie uns diese Befragung noch anhören.

Danach will ich sehen, wie Stefanie Schwendener hier wohnte.«

Bianchi zog die Augenbrauen hoch. Jetzt würde er gleich sagen, dass das in seinem Zuständigkeitsbereich lag. Beim Commissariato di Lugano, nicht bei einer zufällig dahergelaufenen Ermittlerin der Polizei Basel-Landschaft. Aber er sagte nichts, setzte sich wieder auf die Kiste und ließ die Aufnahme laufen.

»Frau Bernasconi, wo waren Sie letzte Nacht?«

»Das haben Sie mich bereits gefragt.«

Stille.

»In meinem Bett. Ich habe geschlafen.«

»Wer kann das bezeugen?«

»Francesco. Mein Mann.«

»Ihr Mann befand sich zwischen 22 Uhr und 1 Uhr morgens im Minimalismo Living Room in Como, um den Geburtstag seines Kollegen Massimo Rossi zu feiern. Herr Rossi hat das bestätigt.«

Stille.

»Kennen Sie Massimo Rossi?«

Stille.

»Frau Bernasconi?«

»Ja. Er ist ein guter Kollege von Francesco.«

»Frau Bernasconi, haben Sie eine Ahnung, wo Ihr Mann war, nachdem der Kollege nach Hause ging?«

Stille. Wieder die Stimme von Commissario Bianchi.

»Francesco Bernasconi traf heute Morgen um 7:30 Uhr hier in Meride ein. Bei Ihnen war er also nicht. Warum lügen Sie?«

»Ich …« Ihre Stimme versagte.

»Frau Bernasconi, es geht um Mord.«

Ein erstickter Laut.

»Gerüchten zufolge soll Ihr Mann ein Verhältnis mit der Ermordeten gehabt haben.«

Leises Schluchzen.

»Frau Bernasconi, Sie waren heute früh zwischen 6:00 und 6:35 Uhr, maximal 6:40 Uhr unterwegs. Was haben Sie da gemacht?«

Schniefen, Schnäuzen. »Das habe ich schon gesagt. Ich war joggen.«

»Die Schere, die neben der Toten lag, ist normalerweise im Packraum im Einsatz.«

»Ich …« Sie brach ab.

»Wir werden bestimmt Ihre Fingerabdrücke darauf finden.«

Die Frau begann wieder zu weinen.

»Frau Bernasconi«, die Stimme von Commissario Bianchi nun etwas schärfer, »hatte Ihr Mann ein Verhältnis mit Stefanie Schwendener?«

Stille.

»Bitte reden Sie mit mir, Frau Bernasconi. Nicken Sie nicht nur.«

»Ja.«

»Wie ja?«

»Er hatte ein Verhältnis mit ihr.«

Andauerndes Schluchzen. Ende der Aufnahme.

11

Sie blickte zum Himmel hoch. Tiefblau war er, die Sonne brannte. Ihr war kalt. Sie war müde. So müde nach dieser Nacht. Sie musste schlafen. Endlich tief schlafen.

12

Das Eckhaus, in dem Stefanie Schwendener während ihrer Zeit in Meride gewohnt hatte, war innen noch kleiner, als erwartet. Im Raum unten ein Tisch, zwei Stühle, gegenüber Herd und Kühlschrank, ein Schränkchen, ein Regal. Oben auf dem Regal Lebensmittel, wild durcheinander. Unten Toilettenartikel, Flaschen und Fläschchen im Dutzend, Becher mit Schminkstiften, Toilettenpapier. In einem winzigen Kämmerchen eine Toilette, darüber eine Dusche. Eine steile Treppe führte hoch ins Schlafzimmer. Emma ging hinter Commissario Bianchi her, der sich wegen der niedrigen Decke leicht gebückt bewegte. Ein schmales Bett, das Kopfkissen zerknittert, das Laken zerwühlt, als ob die Bewohnerin eben erst aufgestanden war. Daneben ein Stuhl, mit Kleidungsstücken übersät. Die Schranktür offen. Ein paar Sommerkleidchen hingen da, auf den Regalen stapelten sich T-Shirts und Shorts, Unterwäsche. Unten im Schrank ein Koffer, Sandalen und Sneakers daraufgeworfen. Es war halbdunkel, durch das kleine Fenster drang wenig Licht. Emma stieg die Treppe wieder hinunter, gefolgt vom Commissario. Sie betrachtete nochmals die Zeichnungen, die an der Wand über dem Tisch hingen, Dankesbriefe von Kindern, die einen Workshop von Stefanie Schwendener besucht hatten. »*Molto Grazie*«, stand da in krakeligen Buchstaben unter zwei gezeichneten Sauriern, die sich mit Zähnen und Krallen attackierten. »SI SINT SER LIP«, »Ich habe fiel gelernt«, »DANKE!!!!!!«, »FILE GRÜSE FÜR DICH FON LAURA«.

»Stefanie Schwendener war freie Mitarbeiterin im Museo dei fossili«, sagte Commissario Bianchi.

Emma nickte. »Ich weiß. Und offenbar beliebt. Was wissen Sie sonst noch über sie?«

»Die Vermieterin, Laura Fossati, war voll des Lobes. Signora Fossati verwaltet dieses Haus seit acht Jahren. Sie selbst wohnt in zwei Zimmern in dem palastartigen Haus mit der bemalten Loggia, Familienbesitz der Peverellis seit dem 17. Jahrhundert. Die Besitzer leben aus beruflichen Gründen unten im Tal, wollen nun aber zurückkehren und sich im Palast einrichten, ohne die Welt des Seicento zu zerstören.«

»Schön für das Paar und das Seicento«, sagte Emma. »Aber was ist mit unserem Opfer? Was sagt die Vermieterin?«

»Laut Signora Fossati war Stefanie Schwendener die freundlichste, ruhigste und korrekteste Mieterin, die sie je hatte.«

»Besuche?«

»Keine, jedenfalls gemäß Signora Fossati.«

»Hmm«, sagte Emma. »Also korrekt, ruhig, freundlich. Begabt im Umgang mit Kindern, was ja bei einer Kindergärtnerin auch zu hoffen ist.«

»Ihre Lieblingsfarbe war Grün. Sie aß glutenfrei«, sagte Commissario Bianchi.

»Ordnung halten war nicht ihr Ding«, fügte Emma hinzu, ebenfalls mit Blick auf das Küchenregal.

Commissario Bianchi lächelte. »Das sehe ich auch so.«

»Und sie erhielt Post von jemandem, der sie sehr mochte«, sagte Emma. »Nicht von einem Kind.«

»Wie kommen Sie darauf?«, fragte der Commissario verblüfft.

Emma wies auf die Wand. »Dieser Brief hier.«

»DU BISST DIE BESTE STEFAnIE DER WELLT.«, las Bianchi laut. »Ohne Gruß. Ohne Unterschrift.«

»Das hat kein Kind geschrieben.«

»Woran sehen Sie das?«

»Am Punkt.«

»Stimmt«, sagte Bianchi. »Ein Kind, das so viele Rechtschreibfehler macht, setzt keinen Punkt.«

Emma nahm ihr Handy, um das Blatt zu fotografieren.

»Also ein Verehrer«, sagte Bianchi. »Oder eine Verehrerin.«

»Jemand mit Humor. Oder jemand, der sich nicht zu erkennen geben will. Oder beides in einer Person.«

13

Tausend Stiche jedes Mal. Rasendes Herzklopfen, ein Pochen bis zum Hals, die Kehle zugeschnürt. Keine Luft zum Atmen, einen Hammer im Kopf, wenn sie auftauchte.

14

Emma hatte im Grotto Fossati gegessen, etwas außerhalb des Dorfes. Ein Tipp von Valeria.

»Nimm die Polenta und den *coniglio*«, hatte sie gesagt. »Und *formaggio*, unbedingt. Er ist aus dem Valle di Muggio, der Beste.«

Es war alles ausgezeichnet gewesen. Emma hatte nach dem Hasen zwei *formaggini* bestellt und mühelos als Nachtisch verspeist, seit der Tomate nach dem Mittag hatte es ja bloß Wasser und Gazosa gegeben.

Nun war sie auf dem Rückweg, zu Fuß. Nach dem stickigen Haus, in dem die Ermordete gewohnt hatte, war Emma froh um einen Spaziergang. Vor ihr breiteten sich leicht ansteigend Wiesen und Reben aus, darüber Meride, ein langgezogenes Band von Häusern und Dächern, an den sanften Hang geschmiegt.

»*Maledetto*«, hatte der alte Mann gesagt.

Er hatte an einem der langen Tische unter den Bäumen vor dem Grotto Fossati gesessen, vor sich den Rotwein in einer henkellosen Tasse, der typischen Tessiner *tazzin*. Emma war von der Wirtin bei ihm platziert worden. Zuerst hatten sie jeder für sich die anderen Gäste beobachtet, dann wollte er wissen, was sie in die Gegend führte.

»Ferien«, sagte sie, »in Meride drüben.«

»*Un posto maledetto*«, sagte er.

»Warum?«, fragte Emma.

»Aus der Deutschschweiz?«

»Ja«, sagte Emma, »Arisdorf. In der Nähe von Basel.«

»Ich kenne nur Arbon«, sagte der Mann, nun in Deutsch-schweizer Dialekt. »Bis vierzehn war ich jeden Sommer dort, um beim Heuen zu helfen.«

»Bei Verwandten?«

»Ein Onkel«, nickte der Mann. »Danach war ich immer hier. Postautofahrer.«

»Sie sprechen sehr gut Deutsch.«

Der Mann streckte Emma seine Hand hin. »Ich bin Carlo.«

»*Piacere*, Emma«, sagte sie und reichte ihm ihre Hand. »Und warum«, sie wechselte wieder ins Italienische, »ist Meride ein *posto maledetto*?«

Carlo beugte sich zu ihr und sprach etwas leiser. »Der alte Savelli und seine Söhne bringen dem Dorf vielleicht Geld, aber kein Glück. Die gehen über Leichen.«

»Wie meinen Sie das?«

»Haben Sie es nicht gehört? Die Zücchina, die mit einem Messer im Bauch gefunden wurde?«

»Sie denken, dass die Savellis etwas mit ihrem Tod zu tun haben?«

»Wer sonst?«

Emma versuchte, den beiläufigen Ton zu halten. »Das ist erst eine.«

»Was?«

»Leiche. Sie sprachen vorhin von mehreren Leichen.«

Er drohte ihr augenzwinkernd mit dem Zeigefinger. »*Donna curiosa*, eh? Da gab es noch die alte Savelli.«

Er deutete mit einer Handbewegung eine Schlinge an, die sich um seinen Hals legte.

»Erhängt?«

»Sich selbst«, sagte der Mann. »Sagt man.«

»Warum?«

Er tippte sich mit dem Zeigefinger gegen die Schläfe. »*Matta*.«

»Welche Leiche noch?«

»Luigis Frau.«

»Ermordet? Selbstmord?«

»Verschwunden. Vielleicht liegt sie in Luigis Keller.« Carlo hatte laut und lange über seinen Witz gelacht.

Emma schloss ihren Bus auf, dann zögerte sie, holte ihr Handy hervor. 19:35 Uhr. Eigentlich konnte sie Feierabend machen, zurück ins Rustico zu Rubio und Karin fahren. Es für heute gut sein lassen. Wie der Commissario, der nach Lugano zurückgefahren war, nachdem er die Tür zur Wohnung der Ermordeten wieder sorgfältig versiegelt hatte. Marco Bianchi saß nun bestimmt in seinem schön designten Heim, hatte die Anzughose gegen Shorts getauscht und trank Wein. Mit seiner Frau? Einem Kind auf dem Schoß? Einen Ehering trug er nicht. Vielleicht wohnte er noch bei der *mamma*?

Emma kicherte vor sich hin und schloss den Bus wieder ab. Ihr Feierabend konnte warten. Sie ging den Weg zurück, den sie nun schon gut kannte, wieder durch das ganze Dorf bis zu den Savelli-Häusern am anderen Ende. Commissario Bianchi hatte sie ihr gezeigt, als sie die *fabbrica* verlassen hatten. Für den nächsten Tag hatte er Hausdurchsuchungen bei der ganzen Familie beantragt, bei Luigi, dem alten Savelli, dem Ehepaar Francesco und Alessia Bernasconi-Savelli und bei Dante auf der Piazza Mastri.

»Morgen erst?«, hatte Emma entsetzt gefragt, und der Commissario hatte die Schultern gehoben.

Die Mühlen des Commissariato von Lugano. Die mahlten eben langsam. Aber Lugano konnte nichts dagegen haben, wenn Emma sich vorher ein wenig umsah. Sie rief Karin an, um zu fragen, wie es ihr ginge und ob sie einverstanden wäre, Rubio noch ein wenig länger zu hüten. Karin schien sich etwas erholt zu haben. Die Betreuung von Rubio ging in Ordnung für sie.

»Für heute nur noch zwei Fragen, dann lasse ich dich in Ruhe«, sagte Emma. »Hat Stefanie Schwendener dir je anvertraut, dass sie ein Verhältnis mit Francesco Bernasconi hatte?«

»Nein«, sagte Karin. »So eng waren wir nicht.«

»Oder sonst etwas, das sie dir erzählt hat, beim Mosaik-Legen, weil man da manchmal ins Reden kommt? Etwas, was dich im Rückblick stutzig macht. Etwas, das wichtig sein könnte, um den Mord aufzuklären.«

»Nein«, sagte Karin.

Emma wartete.

»Es fällt mir nichts ein. Wir haben gearbeitet, uns konzentriert. Du kennst das doch.«

»Ja«, sagte Emma. »Hatte Stefanie irgendwen zum Feind? Oder zur Feindin?«

»Keine Ahnung. Nein. Niemand. Alle mochten Stefanie.«

Emma setzte zu einer neuen Frage an, aber Karin fiel ihr ins Wort. »Mir fällt wirklich nichts ein.«

»Vielleicht später. Jedes Detail ist wichtig. Alles, was du gehört, gesehen, dir gedacht hast. Du meldest dich bei mir, ja?«

Schweigen.

»Karin, bist du noch da?«

»Sie war so unbeschwert«, sagte Karin. Ihre Stimme zitterte. »Gute Nacht, Emma.« Dann legte sie auf.

Emma schalt sich, Karin wieder auf das Thema gebracht zu haben, und schickte eine Nachricht, um ihr einen erholsamen Abend zu wünschen und nochmals dafür zu danken, dass sie Rubio übernahm. Karin antwortete nicht.

»Sie war so unbeschwert«, murmelte Emma.

Sie sah wieder das Mosaik vor sich, das Karin und Stefanie Schwendener vor drei Monaten gelegt hatten.

»Das Motiv war Stefanies Idee«, hatte Karin auf Emmas Frage hin gesagt. »Mir gefiel es.«

Es zeigte eine goldgelb leuchtende Sonnenblume auf blauem Grund. Sie würde in Stein gefasst bestehen bleiben, während die junge Frau zu Asche wurde. Oder von Würmern zersetzt.

15

Iss!«
Diese schneidende Stimme, die in den Ohren wehtat. Etwas Kaltes, Ekliges berührte ihre Lippen. Etwas Pelziges.

»Iss!«

Sie wollte den Kopf wegdrehen. Aber das ging nicht. Jemand hielt ihn fest und presste ihr das Ding gegen die zusammengebissenen Zähne.

»Nein!«

Sie war von ihrem eigenen Schrei zusammengezuckt, saß da mit klopfendem Herzen. Sie atmete tief ein und wieder aus. Noch war es schlimm. Aber etwas weniger.

16

Emma hatte die Spaghettifabrik erreicht, ging ein paar Schritte weiter, der Kapelle vom heiligen Beato Manfredo entgegen. Sie war etwas unschlüssig. Vielleicht war es doch keine so gute Idee gewesen herzukommen. Hinter den Fenstern der Savelli-Häuser war kein Licht, aber es war ja auch noch hell, schönste Abendsonne, rotgolden. Da hörte sie hinter sich ein Motorrad. Sie wandte sich um. Es hielt vor dem Haus Bernasconi-Savelli, der Nummer fünf. Emma blieb stehen, gab vor, auf ihr Handy zu schauen. Ein Mann stieg ab, öffnete das Tor zum Hof dahinter, schob das Motorrad hinein und kam ohne Helm wieder heraus. Es war Francesco Bernasconi.

»*Buona sera*, Signor Bernasconi«, sagte sie und ging schnell auf ihn zu. »Entschuldigen Sie bitte die Störung. Haben Sie kurz Zeit für mich?«

Er starrte auf den Dienstausweis, den sie ihm entgegenstreckte. Auf seiner Stirn perlten Schweißtropfen. Die Haare standen ihm wirr vom Kopf. Die Augen waren blutunterlaufen, als er nun den Kopf hob und sie anschaute. Sie meinte, ein kurzes Aufflackern zu sehen. Angst?

Er versuchte zu lächeln. »Sie haben mich erschreckt.«

»Das tut mir leid«, sagte sie. »Emma Tschopp, Polizei Basel-Landschaft.«

Er nickte müde. »Ich weiß, worum es geht. Der Commissario hat mich schon befragt, wie ich die letzte Nacht verbracht habe. Reicht das nicht?«

»Für die letzte Nacht schon«, sagte Emma. »Aber für alles andere? Ich möchte gern mit hineinkommen.«

Noch immer hielt sie ihm ihren Ausweis vors Gesicht.

»Meiner Frau geht es nicht gut. Können Sie wenigstens darauf Rücksicht nehmen und Ihre Fragen hier stellen?«

Er roch nach Alkohol. Nicht aus dem Mund, er dünstete ihn aus.

»Rücksicht nehmen ja. Fragen hier stellen nein«, sagte Emma entschieden.

Er starrte sie an.

»Drei Fragen«, sagte sie und starrte zurück.

Er drehte sich um, stieß die Tür neben dem Tor auf und wies auf die Treppe dahinter.

»Nach Ihnen.«

Emma ging voraus. Die Treppe war steil. Eine leichte Bewegung nur von Francesco Bernasconi, ein Griff an ihre Schulter, und sie würde fallen. Ihr Herz schlug plötzlich heftig. Es roch nach Verbranntem, der Geschmack von Öl legte sich auf ihre Zunge. Ein Schatten von oben, etwas flog ihr entgegen. Sie schrie auf, duckte sich, bekam dann das Treppengeländer zu fassen.

»Entschuldigen Sie bitte«, sagte Bernasconi hinter ihr. »Das war Geronimo.«

Emma richtete sich auf. Eine Katze. Auf einer Stufe saß eine zweite, und oben am Treppenabsatz warteten drei.

»Meine Frau mag Katzen«, sagte Bernasconi.

Emma trat zur Seite. »Gehen Sie voraus, bitte.«

Sie folgte ihm. Von oben her war das Klappern von Geschirr zu hören.

»*Amore!*«, rief Bernasconi. »Wir haben Besuch.«

Das Klappern hörte auf. Schnelle Schritte, dann Stille. Sie erreichten das Obergeschoss. Emma blickte schnell in die Zimmer, an denen sie vorbeikamen. Die Türen standen offen. In einem Zimmer sah sie ein Doppelbett, im anderen ein Bügelbrett und einen kleinen Tisch mit Stuhl. Eine Tür war geschlossen, wahrscheinlich führte sie ins Badezimmer. Durch die vierte traten sie in die Küche. Einbauschränke neben einem blitzblanken Gasherd. Auf dem Herd zwei Kochtöpfe. Es roch nach angebrannten Zwiebeln.

Emma trat zum offenen Fenster, sah hinaus. Unter ihr die Via Ercole Doninelli, im Haus schräg gegenüber eine alte Frau am Fenster, die Arme auf ein Kissen gestützt. Sie riss den Mund auf, als sie Emma sah, eine dunkle, zahnlose Höhle. Emma wandte sich ab. Im angrenzenden Zimmer standen ein Tisch und vier Stühle, Gedecke für zwei lagen auf. Eine Schüssel mit Salat. Wein, Wasser.

»Wo ist Ihre Frau?«

»Ich bin hier.«

Emma kannte die Stimme von der Tonaufnahme der Befragung. Sie fuhr herum.

Alessia Bernasconi-Savelli stand im Türrahmen. Sie war klein, aber von kräftiger Statur, trug Jeans und Bluse. Lange schwarze Haare, sorgfältig in weich fallende Locken gedreht, umspielten ihr Gesicht, vermochten aber nicht von den gequälten Zügen abzulenken. Tiefe Falten gruben sich in Nasenwurzel und Wangen. Augen und Nase waren rot verquollen, nur halbwegs verdeckt von Schminke. Wenn es nach Commissario Bianchis erster Einschätzung ging, stand hier eine Mörderin, die Emma nun höflich einlud, mit ihr und ihrem Mann zu essen. Emma bedankte sich, setzte sich an den Tisch und bat um eine kleine Portion. Commissario Bianchis Überlegungen waren nachvollziehbar. Alessia Bernasconi hatte ein Motiv, das so simpel wie ewig war: Eifersucht. Langjährige seelische Qualen und Demütigungen durch einen fremdgehenden Ehemann, die darin gipfelten, dass ihr eine Nebenbuhlerin ins Haus gesetzt wurde. Sie konnte nicht länger untätig zusehen, fasste einen Entschluss und lockte Stefanie Schwendener unter einem Vorwand in den Kühlraum. Mit einem gezielten Schlag streckte sie die Frau nieder, mit aller Kraft der Verzweiflung. Mehr Gewalt war nicht notwendig, den Rest erledigten die Minustemperaturen im Kühlraum. Alessia Bernasconi ging sogar so überlegt vor, dass sie nochmals kontrollierte, ob das Opfer wirklich tot war. Auch dass sie die Nebenbuhlerin verunstaltete, indem sie ihre Haare abschnitt, passte zu einem Racheakt. Sie verschaffte sich ein Alibi, indem sie behauptete, ihr Mann hätte bei ihr geschlafen. Das hatte er aber nach eigener Aussage nicht.

Was Emma umtrieb: Wenn die Frau so strategisch mordete, wie der Commissario skizziert hatte, warum war sie in diesem Punkt so naiv und ging davon aus, dass die Lüge funktionierte? Sie hatte offensichtlich gedacht, dass ihr Mann dieselbe Version erzählen würde, und hatte sich geirrt. Und Francesco: Was hatte er in den Stunden getan, in denen auch er kein Alibi hatte? Traf er Stefanie Schwendener, mit einem festen Gegenstand in der Hand, weil es für ihn gute Gründe gab, seine Geliebte loszuwerden? Auch bei ihm war ein Motiv denkbar, ebenso simpel wie die Eifersucht seiner Frau: Angst. Angst vor der Geliebten, die Forderungen stellte, denen er nicht nachkommen konnte. Vielleicht wollte Stefanie Schwendener zu viel. Zuneigung, Kontinuität, Geld, Verbindlichkeit. Vielleicht erpresste sie ihn. Oder sie wollte ihn verlassen, gegen seinen Willen.

Emma betrachtete Alessia Bernasconis Hände, die ihr einen Teller reichten. Sie waren kräftig, erstaunlich groß im Vergleich zur kleinen Gestalt, mit rauer, rissiger Haut an den Knöcheln. Emma lobte den Sugo, drehte Spaghetti auf die Gabel und sah dem Ehepaar Bernasconi zu. Die beiden boten sich Brot an, baten einander mit einem Lächeln um Salz und Pfeffer, schenkten sich Wein ein. »Amore«, sagten sie zueinander, »Amore« hin und »Amore« her.

»*Cin cin, Amore, cin cin.*«

Ab und zu warf Alessia Bernasconi ihrem Mann einen nervösen Blick zu, den sie zu verstecken versuchte, indem sie schnell wieder die Lider senkte.

»Ach«, sagte Emma und deutete auf das Diplom, das an der Wand ihr gegenüber hing. »Sie sind ausgebildete Frisörin. Deshalb Ihre schöne Frisur. Sie lieben Haare.«

»Ja«, sagte Alessia, »mehr als Pasta *fatto a mano*.« Sie lachte kurz auf. Es klang bitter.

»Das verstehe ich«, sagte Emma.

Sie versuchte, ein wenig über Alessias Arbeit und ihre Ausbildung zu plaudern. Aber Alessia lenkte ab, indem sie eifrig Salat nachschöpfte und mit ihrem Mann wieder Salz und Pfeffer tauschte. *Amore, Amore.* Emma aß auf und legte die Gabel weg. Sie musste schwerere Geschütze auffahren, um die beiden zu knacken.

»Wie haben Sie es all die Jahre ertragen, dass Ihr Mann Sie betrügt?«

Alessia Bernasconi wurde weiß im Gesicht. Francesco hörte auf, in seinem Teller zu stochern.

»Mein Mann liebt mich, Signora Tschopp. Ich weiß es«, sagte sie und schickte wieder einen dieser flackernden Blicke zu Francesco. »Wir gründen eine Familie. Ich werde einen süßen kleinen Sohn zur Welt bringen. Nicht wahr, *Amore*«, sie lächelte, »Francesco liebt Kinder, und er …«

Etwas fiel klirrend zu Boden. Francesco war aufgesprungen, stand mit geballten Fäusten da, das Gesicht verzerrt. Alessias Lächeln verschwand.

»Hör auf«, keuchte er. »Hör sofort damit auf.«

Sie presste die Lippen zusammen, erhob sich und begann, hastig die leeren Teller aufeinanderzustapeln.

»Signor Bernasconi«, sagte Emma und stand ebenfalls auf, »warum musste Stefanie Schwendener sterben?«

Francesco taumelte zum Sofa. Die Katzen stoben davon.

»Ich kann nicht«, flüsterte er. »Ich kann nicht mehr.«

Tränen strömten über seine Wangen. Emma ging zu ihm, legte ihm die Hand auf die Schulter, ganz kurz.

»Signor Bernasconi.«

Francesco bewegte den Kopf ganz sachte von links nach rechts und wieder zurück, so, als fürchtete er, ihn sonst zu verlieren.

»Sie melden sich bei mir, ja?«, sagte sie. »Ich lasse meine Karte hier. Ich hatte Ihnen drei Fragen angekündigt, und eine habe ich noch.«

Emma ging durch die Küche Richtung Treppe.

»Auf Wiedersehen, Signora Bernasconi«, sagte sie. »Ich bin jederzeit erreichbar.«

Sie ging an der Frau vorbei, die nicht aufsah. Als Emma die Haustür unten an der Treppe erreicht hatte, blieb sie stehen und horchte. Oben war es still. Dunkle Schatten sahen ihr nach, mit glimmenden Augen.

»*Pericolosa*«, sagte jemand, als sie auf die Straße trat. Emma zuckte zusammen. Es war die zahnlose alte Frau, die sie vorhin am Fenster im Haus gegenüber gesehen hatte.

»*Buonasera*«, sagte Emma.

»*Pericolosa*«, sagte die Frau wieder und deutete mit dem Zeigefinger in alle Richtungen.

»Was ist gefährlich?«, fragte Emma halbherzig. Sie wollte einfach nur noch ein Bier. Die Frau nuschelte etwas, das wie »*la figlia*« klang.

»*La figlia*?«, fragte Emma. »Die Tochter ist gefährlich, sagen Sie?«

Die Frau nickte lebhaft und verzog ihren Mund zu einem Lächeln.

»Welche Tochter denn? Alessia Bernasconi?« Sie deutete auf das Haus hinter sich, das sie eben verlassen hatte.

Das Lächeln verschwand. Die Alte schüttelte heftig den Kopf.

»*Pericolosa*«, sagte sie wieder und deutete wild die Gasse hinauf und hinunter. Emma gab auf und wünschte höflich einen schönen Abend. Das Bier konnte nach einem solchen Tag nicht länger warten.

17

Antonio Savelli bemühte sich, aus seinem Dämmer-schlaf aufzuwachen. Er musste Kraft sammeln, aufstehen und zum Friedhof gehen. Aber Antonio wachte nicht auf. Er träumte weiter von Matildas Bauch. Einen großen dicken Bauch trug sie vor sich her. Er ging neben ihr. Sie waren in Meride, auch wenn die Häuser ganz anders aussahen. Er wusste, er war zu Hause in seinem Dorf mit seiner jungen Frau, und er zeigte auf den Bauch und sagte:

»Mein Sohn. Hier drin ist mein Sohn.«

Matilda lächelte ihr schönes Lächeln mit ihren vollen Lippen, er beugte sich zu ihr und wollte sie küssen, aber da war etwas, das ihn von ihr wegstieß, eine harte Kugel. Es war Matildas Bauch, der größer geworden war, der Bauch wuchs so schnell, dass Antonio ihm beim Wachsen zuschauen konnte, so hoch wie er selbst war der Bauch jetzt schon, Matildas Lächeln konnte er nicht mehr sehen. Er hatte große Angst, dass diese Riesenkugel platzen würde.

»Mein Sohn!«, wollte er rufen. »Halt, da ist doch mein Sohn!«

Bloß ein Gurgeln kam aus seiner Kehle, und als er sah, was aus der geplatzten Kugel quoll, fuhr er schreiend hoch.

»Ganz ruhig, *papà*«, sagte jemand und drückte ihn ins Kissen zurück. »Alles ist gut, ganz ruhig, *papà*.«

Nichts war gut. Er hatte gesehen, was aus diesem Bauch gekommen war. Es war wieder da. Er musste aufstehen und zum Grab gehen.

18

Emma bestellte noch einen Tignanello. Zu gemütlich war es auf der Piazza Mastri, zu fein der Grappa, den die etwas angestrengt schön wirkende Barfrau im Incontro ausschenkte, und die großzügige Dosierung im Glas schätzte Emma sehr. Sie hatte zum Feierabendbier ein *vitello tonnato* gegessen, war nochmals durch das Dorf spaziert und in die Bar Incontro zurückgekehrt. Hier hatte sie beim *caffè con grappa* beschlossen, nicht mehr zu fahren. Da gab es diesen Campingplatz Monte San Giorgio, ein paar Kurven unterhalb des Dorfs, sie hatte die Schilder gesehen. Es war der Campingplatz, auf dem auch Stefanie Schwendener während ihres ersten Aufenthalts in Meride gewohnt hatte. Bis dorthin würde es Emma problemlos schaffen. An Karin hatte Emma eine Nachricht geschrieben und sich nochmals entschuldigt. Karin antwortete mit einem Bild von Rubio, der auf der Liege unter der Hopfenbuche schlief.

»Hier alles bestens. Gute Nacht.«

Emma sah wieder den beiden Paaren zu, die neben ihr am Tisch saßen. Alle vier redeten gleichzeitig, von wilden Gesten begleitet. Sie kamen aus Italien. Ihrem Gespräch war zu entnehmen, dass der eine Mann mit »*paleontologia*« zu tun und der andere in Zurigo eine Tagung besucht hatte, während der das Essen eine Katastrophe gewesen war. »*Quelli di Zurigo*« hatten keine Ahnung von Kochen, wobei, sagte der Paläontologe, auch letzthin in Milano die *pappardelle* verkocht und der *vino rosso* aus Australia war, man stelle sich das vor! *Sì, sì,* stimmten die beiden

Frauen zu, mit dem Olivenöl geschah dasselbe, dabei kam das Beste aus Cutrera, womit der Paläontologe gar nicht einverstanden war. Er führte Lucca und Alatri an, worauf der andere Rom ins Spiel brachte, wo er im letzten Urlaub den besten Steinbutt seines Lebens gegessen hatte.

»*Un miracolo!*«, rief der Mann. »*Eccezionale!*«

Emma grinste vor sich hin.

»Warum müssen die Italiener sich immer so dramatisch aufführen?«, hatte Remo, ihr Ex-Mann, gefragt. »Sie wirken so, als würden sie über Tiefgreifendes reden. Dabei geht es bloß um den Kühlschrank, der nicht mehr funktioniert. Oder ums Auto. Oder die Nachbarin.«

»Na und?«, hatte Emma kampfeslustig geantwortet, eine Attacke gegen die Herkunft ihres Vaters witternd, wie immer, wenn Remo das Wort ›Italiener‹ aussprach. »Ein Kühlschrank, der nicht mehr kühlt, ist tiefgreifend. Was passiert, wenn dein Schnitzel verrottet? Deine Laune wird so miserabel, dass sie meine Laune verdirbt. Ich höre auf, den Salat zu schneiden, weil ich mich frage, wieso eigentlich ich den Salat schneide und nicht du. Wir haben beide einen langen Arbeitstag hinter uns. Ich frage das nicht nur mich, sondern auch dich. Du aber findest es den falschen Zeitpunkt, um eine Diskussion über Rollen- und Arbeitsteilung zu inszenieren. Ich sage, das ist keine Inszenierung, sondern ein ernstes Anliegen. Gerechte Verteilung ist mir wichtig. Du schreist, dass dir mein Sinn für Gerechtigkeit schon lange auf den Sack geht. Ich sage, beim Heiraten hast du mir versprochen, mich so zu nehmen, wie ich bin, samt meinem Sinn für Gerechtigkeit. Du schreist, dass du Hunger hast und ich mit dieser Diskussion endlich aufhören soll. Ich sage: Dein Geschrei halte ich nicht mehr aus. Dann schreist du, dass ich mich scheiden lassen soll, ich würde ja sowieso nur noch an dir rummeckern. Worauf ich sage: Ja, das ist eine gute Idee. Ich lasse mich scheiden. – Das alles geschieht wegen eines verdorbenen Schnitzels. Und du denkst, dass ein Kühlschrank, der nicht mehr funktioniert, kein tiefgreifendes Thema ist?«

Remo hatte gelacht und sie in den Arm genommen. Das war in den guten Zeiten gewesen. Als sie noch frotzelten, stritten und sich versöhnten und nicht ahnten, dass Remo acht Jahre später sagen würde:

»Ich lasse mich scheiden.«

Nicht wegen eines Schnitzels, sondern wegen Tanja. Er hatte sie bei einem Betriebsausflug kennengelernt. Tanja war vom Himmel gefallen. So formulierte es Remo. Es war ihm bestimmt, mit jener Frau zusammen zu sein, nicht mehr mit Emma. Was konnte Emma gegen so viel Schicksal ausrichten? Sie tobte und weinte, lag nachts wach und nahm wenig zu sich, mehr Flüssiges als Festes. Auf Remo machte das keinen Eindruck. Bloß ihre Pölsterchen aus edlem Fett schwanden.

Es dauerte eine Weile, bis Emma sie sich wieder angegessen hatte, diese Materialisierung stiller Zufriedenheit mit sich und der Welt. Eine sehr lange Weile brauchte es dafür. Rubio wurde ihr neuer Gefährte und unterstützte sie mit vorbehaltloser Zuneigung. Dank Remo war sie buchstäblich auf den Hund gekommen. Remo Tschopp, dem zuliebe aus Frau Bellucci Frau Tschopp geworden war. Emma schüttelte den Kopf und wischte die Gedanken an ihren Ex weg. Der Mann war nun wirklich gegessen. Sie trank noch einen Schluck. Der Tignanello lag köstlich auf Zunge und Gaumen. Die beiden Paare lachten und hoben die Gläser.

»*Cin cin, Amore, cin cin.*«

Cin cin. Mit diesen Worten hatte sich auch das Ehepaar

Bernasconi-Savelli zugeprostet. Und doch unterschieden sie sich von diesen entspannten Menschen hier. Das Ganze war eine einzige Inszenierung gewesen. Das Stück hieß »Mann und Frau geben sich Mühe«. So, wie sich damals Remo und Emma gegenübersaßen und ein Paar spielten, das sie längst nicht mehr waren. Remo und Emma taten es für sich. Das Ehepaar Bernasconi-Savelli hingegen spielte für Emma. Für die Polizistin, die in einem Mordfall ermittelte.

Emma ging ihre Erinnerungen durch. Sie sah die beiden Zimmer vor sich, die Türen geöffnet, wie eine Einladung hineinzuschauen. Das Ehebett. Das provisorisch eingerichtet wirkende zweite Zimmer. Der übertrieben sorgfältig gedeckte Tisch mit Tellern, die so gut wie neuwertig waren. Eine makellose Küche ohne Spuren von Bratfett und Soßen. Zwiebeln, beinahe angebrannt, weil Alessia im Kochen nicht geübt war. Die Gattin mit dem Kinderwunsch, der Gatte, der in seiner Rolle wankte. Emma trank den letzten Schluck und gab der Barfrau ein Zeichen, dass sie zahlen wollte. Sie sah jetzt glasklar, was das Theater bezwecken sollte.

19

Endlich. Jetzt war sie weg. Für immer.

Teil 2

Lisa Schwendener schrie. Tief in sich drin, damit niemand sie hörte. Ihre Knie waren wund gescheuert. Die Haut war nicht mehr an harte Holzbänke gewöhnt. Wenn Lisa Schwendener sich in den letzten 47 Jahren auf die Knie niedergelassen hatte, war es zum Putzen gewesen und nicht zum Beten. 47 Jahre lebte sie gottlos. Nun war die Strafe gekommen. Gott hatte ihre Tochter töten lassen. Ihre kleine Stefanie. Er hatte sie ihr spät geschenkt, und er nahm sie wieder.

Lisa Schwendener schluchzte auf, presste erschrocken das Taschentuch auf den Mund. Aber keiner sah hin. Keiner erkannte sie wieder, die ehemalige Schwester Elisabeth von Kneubühl. Die Jungberufene, die ihre kostbaren Jugendjahre bedürftigen Mädchen im Kinderheim gewidmet hatte. Die Barmherzige, die nach Jahren des Hoffens die Gnade erfuhr, ein Kind zu empfangen, ein süßes kleines Mädchen.

»Allmächtiger!«, schrie Lisa Schwendener in der Kirche St. Peter und Paul in Oberwil, Kanton Basel-Landschaft. »Womit habe ich das verdient?«

Sie wusste es, tief in ihrer Seele. Seit sie dieser Frau begegnet war, bei den Klingelschildern an der Haustür unten.

»Kann ich Ihnen helfen?«, hatte sie gefragt.

Die Frau hatte leuchtend rote Haare, genauso wie Stefanie.

»Sind Sie Elisabeth Schwendener?«, hatte die Frau gefragt.

Lisa war zusammengezuckt. Niemand nannte sie mehr

Elisabeth. Diesen Namen hatte sie mit dem Austritt aus dem Orden abgelegt. Lisa hatte etwas gestammelt, während die Frau sie musterte und dann wortlos ging. Von da an wurde Lisa verfolgt. Sie spürte es. Immer, wenn sie sich schnell umdrehte, um die Frau zu überführen, war da nichts. Die Birke, deren Äste sich im Wind bewegten. Passanten. Nachbarn. Kinder. Aber Lisa wusste: Die Frau war da.

2

Die Polizisten fielen wie die achte Plage über Lisa Schwendener her. Heuschrecken gleich durchkämmten sie das Leben ihrer Tochter. Alles wollten sie wissen. Was Stefanie machte, beim Arbeiten und in der Freizeit. Welche Leute sie traf. Besondere Ereignisse in ihrem Leben? Mögliche Feinde? Die Wohnung, die Stefanie untervermietet hatte, wurde durchsucht. Die paar Kisten mit persönlichen Dingen, die Stefanie bei ihrer Mutter eingelagert hatte. Die Polizisten sahen alles durch. Wühlten in den Kleidern, den Pullovern und Hosen, die Stefanie dort unten nicht brauchte. Weshalb ihre Tochter für ein halbes Jahr im Mendrisiotto lebte, wollten die Polizisten von Lisa wissen, und was ihre Tochter darüber erzählt hatte. Nichts. Ihre Tochter hatte ihr nichts erzählt. Stefanie hatte ihre Eltern darum gebeten, ein paar Kisten im Keller unterstellen zu dürfen. Dann war sie weg. Dass es dort im Tessin schön warm sei, hatte sie gesagt. Dass die Menschen offen und freundlich seien. Mehr nicht. Stefanie hatte noch nie viel über sich gesprochen. Bereits als Kind hatte sie stumm über den Mahlzeiten gesessen. Nicht einmal für das Tischgebet machte sie den Mund richtig auf. Die Polizisten nickten nur. Sie hörten gar nicht richtig hin. Deshalb erwähnte Lisa auch nicht die Frau, die sie verfolgte. Niemand würde ihr glauben. Aber sie wusste, dass da jemand war. Die Frau machte, dass aus Lisa Schwendener wieder Elisabeth wurde.

3

Elisabeth grub Kartoffeln aus. Das Feld war riesig. Elisabeth war klein. Die Haut an ihren Fingern riss. Die Kartoffeln wurden blutig. Der Bauer schrie, wenn die Kartoffeln blutig waren. Elisabeth wusch sie im Brunnen. Das Brunnenwasser färbte sich braun von der Erde. Die Bäuerin schlug sie, wenn das Brunnenwasser braun war. Elisabeth versteckte sich im Garten. Sie kauerte am Boden und schaute den Ameisen zu. Sie zappelten lustig, bevor Elisabeth sie ganz zerquetschte. Käfer krochen zwischen Erdkrümeln. Ihre Panzer knirschten schön zwischen den Fingernägeln. Die Würmer zuckten weiter, auch wenn Elisabeth ihnen den Kopf abriss. Hui, schon wieder eine Maus. Die war schnell gefangen und langsam zerquetscht. Bis die bunten Därme aus dem pelzigen Bauch quollen. Elisabeth leckte sich die wunden Finger und ruhte sich ein wenig im Garten aus. Sie ging auf das Kartoffelfeld zurück, bevor die Bäuerin sie fand. Dort wartete der Bauer. Er schrie, weil sie erst zwei Reihen ausgegraben hatte. Zur Strafe gab es zum Abendbrot nur ein Stück Brot. Keine Milch dazu, nur Wasser.

4

Elisabeth wurde größer. Sie war zu groß, um sich im Garten zu verstecken. Immer noch musste sie Kartoffeln ausgraben, wenn sie von der Schule kam. In der Schule war es schön, wenn Schwester Gisela da war. Schwester Gisela sprach mit sanfter Stimme und zeigte mit ihrem Stock auf Buchstaben und Zahlen. Sie erzählte Geschichten aus der Bibel. Elisabeth schlief manchmal ein. Wenn sie aufwachte, strich ihr Schwester Gisela übers Haar. Wenn Schwester Renate da war, musste Elisabeth die Hände auf den Tisch legen. Schwester Renate schlug sie mit ihrem Stock. Fünf Mal auf die Finger außen, wenn Elisabeth eingeschlafen war. Fünf Mal auf die Handfläche innen, wenn sie Buchstaben vergessen hatte. Die Finger schwollen an, die Haut platzte auf. Nachts träumte Elisabeth von Schwester Renate. Überall war Blut. An den Beinen wurde es warm. Sie wachte im nassen Laken auf. Das Laken stank. Wenn der Bauer in ihre Kammer kam und es stank, schlug er sie und ging wieder. Wenn es nicht stank, blieb er. Sie vergrub das Laken auf dem Weg zur Schule. Dann ging sie zu Schwester Gisela und nie mehr zurück auf den Hof. Schwester Gisela führte sie auf den richtigen Weg. Zu Gott.

5

Gott war im Kinderheim. Er hielt seine schützende Hand über die Mädchen, diese armen kleinen Wesen, von gefallenen Frauen ausgesetzt, von barmherzigen Schwestern aufgenommen. Elisabeth war jetzt schon groß. Sie diente dem Herrn und Schwester Gisela. Morgens um fünf kniete sie nieder, um zu beten. Um sechs schrubbte sie Böden, um sieben weckte sie die Mädchen, die in ihrer Obhut waren. Sie kontrollierte Hälse und Ohren, flocht Zöpfe. Deckte dreißig Gedecke auf, zählte Brotscheiben ab, wachte über die Butter. Dankte mit allen gemeinsam für Speis und Trank, oh Gott. Wusch Kacheln und Blechlöffel. Putzte Rüben und Kartoffeln. Kochte Wasser in großen Trögen, seifte Wäsche ein, spülte, wrang die Wäsche aus, hängte sie auf. Schüttelte staubige Decken. Schälte Rüben und Kartoffeln, schnitt, hackte, zerteilte. Stampfte, briet und kochte. Deckte dreißig Gedecke auf, zählte Suppenportionen ab. Dankte für Speis und Trank. Wusch Geschirr und Pfannen. Riss Unkraut aus im Garten. Nahm Wäsche von der Wäscheleine. Putzte Kohl und Kartoffeln, schnitt Stücke. Stampfte, briet und kochte. Deckte dreißig Gedecke auf. Dankte dem Herrn für alles. Wusch Näpfe und Blechlöffel. Sprach Nachtgebete mit den Mädchen. Flickte Löcher in Socken und Hemdchen, bevor sie auf ihren Schlafsack sank.

Oh Gott. Auf dass er ihr die Kraft verlieh, diese Rangen zu bändigen. Sie kamen in Gestalt kleiner Mädchen daher, blond gelockt, braun gesträhnt, pechschwarz. Aber sie waren Ungeheuer. Rotzverschmiert, Wangen und Hälse schwarz, die Ohren verkrustet. Ungeheuer mit Läusen und Nissen, endlos auszukämmen aus filzigem Haar. Sie hatten faulige Zähne. Sie stanken. Dieser Gestank früh-morgens im stickigen Schlafsaal, wie gut Elisabeth ihn kannte. Er verfolgte sie. Wie sehr sie ihm entkommen wollte. Diese dreckigen kleinen Bettnässer. Sie taten es mit Absicht. Elisabeth wusste es. Sie sah die verschlagenen Blicke, die sie streiften, hörte das Getuschel hinter ihrem Rücken. Ei, wie ihnen das Lachen verging, wenn sie sich auf dem Schlafsack wiederfanden, die Nase in die eigene Pisse gepresst. Elisabeth zählte bis zehn. Ihre Stimme gellte durch den Schlafsaal. Dann ließ sie los. Wie die Biester jetzt schwiegen und schnell ihre fadenscheinigen Kleidchen überstreiften. Sie wussten, was sie erwartete, wenn sie bei zwanzig nicht angezogen in einer Reihe stan-den. Elisabeths Hand. Flach gestreckt, weit aufgezogen, präzise platziert auf dreckigen Wangen. Schön gestreift das Muster, das Elisabeths Finger hinterließen. Endlich ein Rosaton im Gesicht. Elisabeth zählte laut, wieder erfüllte ihre Stimme den Raum. Bei dreißig mussten Ge-sicht, Hals und Ohren sauber sein. Hui, wie diese Teu-fel kämpften um einen Platz an der Wasserrinne, sich mit klammen Händen Wasser ins Gesicht warfen, bevor sie von den Nachrückenden weggeschubst wurden. Elisabeth kontrollierte. Sie tauchte das Mädchen, das es wagte, ihr schmutzig unter die Augen zu treten, kopfüber in einen Zuber mit eiskaltem Wasser. So lange, bis die Lungen kurz vor dem Bersten waren.

Dann flocht sie Zöpfe. Dreißig Zöpfe. Wehe dem Mäd-chen, das die Knoten nicht zuerst gelöst hatte. Dessen Haare stoben in Büscheln durch den Schlafsaal, beglei-tet von spitzen kleinen Schreien. Ach, diese wehleidigen Mäuschen, die so taten, als ob sie weinen würden über

Morgenmilch und Haferbrei. Diese undankbaren Flegel. Elisabeth ging die Bankreihen entlang. Sie klopfte denen auf die Finger, die beim Kauen kicherten. Kein Wort beim Essen, das war die Regel. Wer wagte es, sich ihr zu widersetzen? Ihr Stock schlug auf Lippen, bis sie platzten und das Geschirr blutrot färbten. Oh Gott. Möge er ihr die Kraft geben, diese Gefallenen auf den richtigen Weg zu führen. Und der heilige Vater im Himmel erhörte und stählte sie. Schwester Renate pries ihre Gaben und machte sie zur barmherzigen Schwester Elisabeth von Kneubühl. Auf dass sie ein Leben mit und für Gott führte.

6

Der Allmächtige war gut zu Schwester Elisabeth. Er schenkte ihr Maria, auf dass sie ihm beweisen konnte, wie sehr sie ihm diente. Schwester Elisabeth erinnerte sich genau an den Tag, an dem Maria im Kinderheim Ballenmoos aufgenommen wurde. Ein Traktor kam donnernd auf den Vorplatz gefahren, vom Hofknecht gesteuert. Er stieß die Gestalt neben sich vom Sitz, kaum hatte er angehalten, warf einen kleinen Koffer hinterher und brauste davon, als müsste er vor der Kreatur fliehen, die er hier zurückgelassen hatte. Dieser waren die Arme an den Leib gewachsen. Ein Stück Oberkörper nur war da zu sehen mit Beinen. Das Wesen wand sich auf dem Boden beim Versuch, auf die Knie zu kommen. Die barmherzigen Schwestern standen im Kreis und schauten zu, während alle Mädchen im Chor ein Schmählied sangen, das normalerweise vor Gottes Ohren verboten war, an diesem Tag aber geduldet wurde. Denn es war schon reihum bekannt, wen sie da beherbergen würden. Eine vom Schacherhof, die man dort nicht mehr wollte.

Viele Fränklis hin oder her, man solle ihr dieses Monster aus dem Stall schaffen, hatte die Bäuerin gezetert. Ein Jahr lang hatte ein feiner Herr aus dem Süden für das Mädchen bezahlt. Von jenseits des Gotthards kam er gefahren in einem stattlichen Automobil. Ein Vermögen für Kost und Logis pro Tag war ihm die Kleine wert. Der feine Herr wollte sie weit weg von zu Hause eingesperrt wissen, sodass sie nie mehr den Rückweg antreten konnte. Sie sei eine Gefahr, warnte er, die Bäuerin solle gut auf sie achten. Die Schacherhofbäuerin hatte ihre große hohle Hand hingehalten und beim heiligen Leodegar geschworen, dass es aus ihren Ställen kein Entkommen gab. Da waren notfalls Ketten, aber die wurden selten eingesetzt. Die tägliche Arbeit streckte die ihr Anvertrauten nieder. Sie sanken bei Sonnenuntergang ins Stroh, und wenn bei einem doch noch Flausen wucherten, halfen halbe Essrationen, sie ihm auszutreiben. Der südländische Herr schwor bei San Silvestro, dass er ihr blühendes Geschäft mit bösen *bambini* für immer zerstören würde, falls er nur je erfuhr, dass sein Geld für Maria nicht gut investiert war. Dann reiste er ab.

Maria wurde im Stall der Schacherhofbäuerin auf Stroh gebettet und in Ketten gelegt. Dem Knecht machte es Freude, die Kleine zu überwachen. Bald befreite er sie von den Ketten, weil sie so folgsam war. Sie ging ihm zur Hand, wie er es verlangte, und so gut sie es konnte, mit ihren zarten Fingern. Seine Freude währte einige Tage. Dann war die Kleine weg. Er suchte sie in allen Ställen und auf den Feldern, in den nahen Wäldern.

Die Bäuerin schimpfte und drohte beim heiligen Leodegar, dass sie ihm die Eier abschneiden würde, falls er das Kind nicht auf der Stelle wieder herbeischaffte. Es war bereits weit gegangen, als er es fand, auf der Straße Richtung Süden.

Von jenem Fluchtversuch an war die Hölle los auf dem Schacherhof. Das Kind knackte alle Schlösser und befreite sich aus jedem Verschlag. Die Hände wurden ihm gefesselt, die Füße mit Eisen am Gehen gehindert. Da waren Teufelskräfte im Spiel und das Taggeld vom Herrn jenseits des Gotthard. Letzteres hielt die Bäuerin dreihundertsechzig Tage lang davon ab, dieses Monster loszuwerden. Erst als ein Rind im Stall Nägel würgte, von blutigem Schleim begleitet, sah sie es ein. Maria war des Teufels. Ab ins Heim. Die barmherzigen Schwestern würden sich ihrer annehmen und dem vornehmen Herrn für die Fränklis danken, die er ihnen unverhofft bescherte. Deshalb wand sich nun Maria vor ihnen auf dem Vorplatz im Dreck, in eine Zwangsjacke verschnürt. Dieser rothaarige Satansbraten.

Schwester Elisabeth nahm Maria in ihre Obhut. Da war ein Werk zu vollbringen, denn was dieses Menschenkind an Schuld auf sich geladen hatte, war unermesslich. Es hatte ein Auge ausgestochen, hieß es. Seinem kleinen Bruder, der arme Vater selbst habe die Geschichte unter Qualen erzählt. Einen Moment nur war der Säugling allein gelassen worden, da hatte sich das Mädchen herbeigeschlichen und zugestochen, getrieben von dunkeln Mächten, die menschliches Denken überstiegen.

Schwester Elisabeth wurde von einem Schauer ergriffen, jedes Mal, wenn sie in dieses blasse Gesicht blickte. So lieb sah es aus, so zart. Wie schüchtern das Kind war. Kein Vergleich mit den Bälgern, mit denen Schwester Elisabeth sich herumschlagen musste. Wenn es nachts das Bett nässte, wusste sie, dass dies kein böser Wille war, sondern die nackte Angst vor dem Jüngsten Gericht. Aber sie würde diese Seele retten. Sie wusste auch, wie. Gott hatte ihr die Eingebung geschenkt: Gleiches war mit Gleichem zu vergelten. Das Kind musste Buße tun, mit der Schere in der Hand, auch wenn es noch so schluchzte und sich wehrte. Auch Schwester Elisabeth litt mit den armen Tierchen, die da als Opfer dienten. Täglich ein Mäuschen, dessen Genick sie brechen musste. Täglich derselbe Kampf mit dem Kind, das seine Tat leugnete und sich so lange wehrte, bis Schwester Elisabeth ihm das Tier ins Maul zu stopfen drohte. Wenn es dann endlich die Schere tief hinein ins Mäuseäuglein stieß, mit Getrotze und Gewimmer, wurden Schwester Elisabeths Augen feucht. Dieses unschuldige pelzige Gesichtchen, über das ein wenig Flüssigkeit tropfte. Aber sie spürte die gütige Hand Gottes über sich. Sie tat alles dafür, damit der Allmächtige diesem Kind die Last der Schuld täglich ein bisschen verringerte.

8

Aber Maria dankte es Schwester Elisabeth nicht. Verschlossen war sie und bockig. Sie wuchs. Arme und Beine wurden länger und das Kleid enger. Schwester Elisabeth sorgte dafür, dass das Mädchen ein nicht zu arg geflicktes Kleid von einem erhielt, das noch größer war, und dieses trug eins von einem, das zu groß für das Kinderheim war und gehen musste. Aber das Kind bemerkte nicht einmal, wie gut Schwester Elisabeth es mit ihm meinte. Als sie verkündete, dass nun zehn Vaterunser pro Tag ausreichend waren, um Buße zu tun, stritt Maria ihre Tat wieder ab. Halbe Nächte weinte sie im Schlafsaal, obwohl sie nicht hungrig zu Bett gehen musste wie andere, die Schwester Elisabeth für ihr Trödeln und Kichern bestrafte.

Es schien der barmherzigen Schwester Elisabeth von Kneubühl, dass Gott sie allein ließ hier im Kinderheim Ballenmoos. Die Bälger machten ihr täglich mehr Mühe, und die Oberschwester wusste ihren Dienst zum Wohl der verkommenen kleinen Kinder nicht ausreichend zu schätzen. Kein Wunder, dass Schwester Elisabeth begann, ein wenig über die Mauern des Heims hinaus zu schauen. Dort sah sie einen jungen Mann. Er gefiel ihr gut. Sie ging mit ihm spazieren. Gewissensqualen peinigten sie, wenn sie ihn heimlich traf. Durfte sie ein Leben mit ihm führen, eine Familie gründen? Sie sehnte sich nach einem Zeichen von Gott. Aber Gott ließ sie allein. Allein im Heim mit diesen bösen Bälgern. Einen Gott, der sie nicht erlöste, brauchte sie nicht. Wozu sollte sie einem solchen noch dienen? Sie verließ das Kinderheim, trat aus dem Orden aus. Aus Schwester Elisabeth wurde Lisa. Lisa wandte sich dem jungen Mann zu. Später einem anderen und dann einem dritten, bis sie mit dem vierten eine Familie gründete. Ihre kleine Stefanie zur Welt brachte. Die ihr nun genommen worden war. Von Gott, sie wusste es. Er hatte sie nicht vergessen. 47 Jahre lebte sie ohne ihn. Jetzt wurde sie bestraft. Mit der härtesten aller Strafen.

»Oh Gott!«, schrie Lisa Schwendener in der Kirche St. Peter und Paul, tief in sich drin, damit niemand sie hörte. »Das habe ich nicht verdient.«

Teil 3

Emma saß auf einer Kiste im Packraum der Fabrik und schimpfte mit sich. Der letzte Grappa in der Bottega Bar l'Incontro war zu viel gewesen, und der Espresso, den sie auf dem Campingplatz Monte San Giorgio noch getrunken hatte, überflüssig. Sie war so nett empfangen worden dort, dass sie sich kurz auf die kleine Terrasse am Flüsschen gesetzt hatte. Die Rezeption hatte um 22 Uhr bereits geschlossen, was aber kein Problem war. Sie konnte am nächsten Morgen bezahlen.

Im Grotto, dem Restaurant des Campingplatzes, saßen nur noch wenige Gäste: eine deutsche Familie mit zwei blassen Mädchen, ein Mann mit Ostschweizer Dialekt, der einer Frau von seinen Krankheiten erzählte, eine Großfamilie, einheimisch, die bald lärmend in drei Autos stieg, die knirschend auf dem Zubringerplatz vorfuhren.

Emma erhielt den Code für die Schranke und parkte ihren Bus auf einer Wiese unter Bäumen. Nur ein riesiges Wohnmobil mit niederländischem Kennzeichen stand dort im Dunkeln. Auf der anderen Seite des Sträßchens reihten sich Wohnwagen aus dem Aargau an große Vorzelte, Menschen saßen dort unter Lichterketten, die Gesichter von den Bildschirmen ihrer Handys beleuchtet.

Hier also hatte Stefanie Schwendener ihre Ferien im Oktober letzten Jahres verbracht. Emma verpasste die Gelegenheit, noch ein wenig mit der Servierfrau zu plaudern. Feierabend. Sie leerte ihre Tasse und ging noch zur oberen Wiese hoch, die den Gästen mit Zelten vorbehalten war. Ein paar Kerzen flackerten weit hinten, aus

einem hell erleuchteten Familienzelt drangen Kinderstim-
men. Vier Tipis standen fix installiert rechts am Rand. Sie
wirkten leer, oder die Gäste schliefen bereits. Zur Wiese
gehörte ein neues Gebäude mit Duschkabinen, Wasch-
becken und Toiletten. Der Kühlschrank und die elektri-
sche Herdplatte waren »*Per cliente*, Für Gast«, wie ein
Zettel anwies.

Emma hatte lange im Dunkeln vor dem Bus gesessen
und den leuchtenden Punkten nachgestaunt, die sie um-
schwirrten. Glühwürmchen, las sie in ihrem Handy nach,
die keine Würmer waren, sondern weibliche Käfer, und
die auch nicht glühten, sondern kaltes Leuchten verbreite-
ten, um Männchen anzuziehen. Am Ende eines gefräßigen
Lebens als räuberische Raupe also ein Leuchtfeuer. Dann
Paarung, Eierlegen, Sterben.

»Signora Tschopp?« Der Commissario lächelte ihr zu.
»Wollen Sie die ersten Resultate der Obduktion erfahren?
Der Bericht ist eben reingekommen.«

Emma setzte sich ein bisschen aufrechter auf ihrer Kiste.
»*Certo.*«

Commissario Bianchi sah ausgeruht aus. Er hatte vorgeschlagen, sich um 8:30 Uhr für eine Besprechung in der
fabbrica zu treffen. Noch waren die Räume nicht freigegeben, trotz Luigi Savellis Drängen, er müsse die Produktion
wiederaufnehmen. Der Geschäftsführer schien versessen
darauf, wieder zum Alltag überzugehen. Er zeigte ein so
demonstratives Desinteresse an der Aufklärung des Mordes in seinem Betrieb, dass es beinahe verdächtig schien.
Aber Emma hatte sich zuerst ein anderes Familienmitglied
vorgenommen. Ihr Telefon hatte heute sehr früh geklingelt, wie erwartet.

»Gern, lassen Sie hören«, sagte Emma jetzt und lächelte

Commissario Bianchi zu. Dieser beugte sich über den Computer.

»Fraktur an der Schädelbasis, Austritt von Liquor, Schädel-Hirn-Trauma dritten Grades, verursacht durch sehr starke Gewalteinwirkung auf die seitliche Kopfhälfte rechts, vermutlich mit einem schweren Gegenstand, geplatzte Haut an zwei Stellen. Tod durch SHT, Perforation von Kopfhaut, Schädelknochen, Dura mater ... Liquor cerebrospinalis ...«

Bianchi überflog den Bericht eine Weile stumm, las dann wieder vor:

»Zeitpunkt des Todes wegen Gefrieren erschwert zu bestimmen, zwischen 22 und 3 Uhr ... keine Materialspuren einer möglichen Tatwaffe.«

»Und die Haare?«, fragte Emma.

»Moment.« Er suchte. »Haare in gefrorenem Zustand durch Fremdeinwirkung abgebrochen, vereinzelt geschnitten. Auf der Schere Fingerabdrücke von mehreren Personen.«

Bianchi sah hoch.

»Ist das alles?«, fragte Emma.

Er schüttelte den Kopf. »Nein. In der Vagina des Opfers wurden Spermaspuren gefunden.« Er schaute wieder in den Computer. »Zeitpunkt des Geschlechtsverkehrs wegen Gefrieren erschwert bestimmbar, innerhalb der letzten vierundzwanzig Stunden Lebenszeit des Opfers. Keinerlei Gewaltanwendung.«

»Also doch«, sagte Emma.

Der Commissario lächelte ein wenig triumphierend.

»Ich weiß, was Sie jetzt denken«, sagte Emma. »Lassen Sie das Sperma des gesamten Sottoceneri vergleichen und das jenseits der Grenze dazu. Aber eines ist klar: Seins ist es nicht, seinen Gentest können Sie sich sparen.«

Bianchi lächelte nicht mehr. Er wollte etwas sagen. Emma winkte ab.

»Francesco Bernasconi ist homosexuell.«

»Äh«, sagte Bianchi. »Eine Vermutung von Ihnen? Wie hergeleitet?«

»Eine Aussage von ihm«, sagte Emma und deutete auf ihr Handy. »Hier aufgenommen.«

Bianchi zog die Augenbrauen hoch. »Wie kommen Sie dazu?«

Emma hob die Schultern. »Was weiß ich? Francesco Bernasconi hat mich heute früh um 7 Uhr angerufen und gesagt, dass er mich sofort treffen muss. Allein und außerhalb des Dorfes, wo uns niemand sieht. Diesen Wunsch konnte ich ihm nicht abschlagen.«

Bianchi schüttelte den Kopf. »Natürlich nicht. Und?«

Emma suchte nach einem sarkastischen Unterton, aber da war keiner. Drei Punkte für den Commissario.

»Kurz gefasst«, sagte Emma, »der Mann ist in Comos Schwulenszene unterwegs. Alessia weiß davon. Sie hofft, dass es nur eine Phase ist – und darauf, dass er ihrem Drängen nachgibt und mit ihr ein Kind zeugt. Die beiden wehren sich nicht gegen die Gerüchte, er betrüge seine Frau, weil es anerkannter ist, eine Geliebte zu haben, als schwul zu sein.«

»Das gibt es nicht.«

»Doch. Südliches Tessin, 21. Jahrhundert.«

»Warum tut sich Alessia das an?«

»Aus Liebe? Weil sie um jeden Preis das Idealbild einer Familie leben will? Wegen ihres Vaters?«

Bianchi nickte. »Francescos versteckte Homosexualität könnte seine regelmäßigen nächtlichen Ausflüge erklären.«

»Natürlich erklärt es die!«

»Mit Stefanie Schwendener hat er nichts zu tun.« Noch immer klang der Commissario ein wenig ungläubig.

Emma schüttelte den Kopf. »Sie interessiert ihn nicht im Geringsten. Weder sexuell noch sonst in irgendeiner Weise. Überhaupt ist er sehr auf sich selbst konzentriert. Und darauf, etwas vom Vermögen der Familie Savelli abzubekommen.«

Bianchi zeigte auf Emmas Handy. »Wie kommt er dazu, Ihnen gegenüber offenzulegen, was er seit Jahren verbirgt?«

Emma hob die Schultern. »Ganz einfach. Ich habe ihn gefragt, warum er Alessia Savelli geheiratet hat.«

Bianchi schüttelte den Kopf. »Das glaube ich Ihnen nicht.«

Emma lachte. »Gut, ich gebe es zu. Ich habe zuvor noch zwei andere Fragen gestellt.«

Jetzt lächelte der Commissario wieder. »Sie sind eine Schelmin. Ich werde die Aufnahme nachhören und ablegen.«

»Apropos«, sagte Emma, »ich habe mich gestern Nacht noch ein wenig in die Ermittlungsakten meiner Kollegen in Basel-Landschaft eingelesen. Es wurden die Eltern von Stefanie Schwendener befragt, eine Arbeitskollegin, die Vorgesetzte, zwei Freundinnen.«

»Und?«

»Alle sind sich einig. Stefanie Schwendener hat ein unauffälliges Leben geführt. Sie war ein ruhiges, braves Kind, durchlief alle Schulen problemlos. Als Kindergärtnerin wurde ihre zurückhaltende Art von allen geschätzt, mit den Kindern war sie liebevoll und umsichtig. Sie hatte einen kleinen Freundeskreis, Kolleginnen und Kollegen aus Ausbildung und Beruf. Ihre Hobbys waren Schwimmen und Nähen.«

»Geliebter? Geliebte?«

»Von ihrem letzten Freund hatte sie sich vor drei Jahren getrennt. Ihre Mutter sagte aus, dass sie nicht viel darüber wisse. Aber sie kann sich nicht vorstellen, dass der Mann etwas mit dem Mord zu tun haben könnte. Er ist unterdessen verheiratet und hat ein Kind.«

»Stefanie Schwendener hatte also keine Feinde.«

Emma nickte. »Niemand kann sich vorstellen, dass irgendwer einen Grund hat, ihr etwas anzutun.«

»Was sagt Stefanies Umfeld zu ihren Aufenthalten im Tessin?«

»Stefanie Schwendener kehrte nach den zwei Wochen Ferien letzten Oktober offenbar glücklich und mit dem Plan zurück, sich im kommenden Jahr sechs Monate unbezahlten Urlaub zu nehmen, um eine Weile hier zu leben und als Fremdenführerin zu arbeiten. Alle freuten sich für sie. Einzig ihre Mutter schien nicht begeistert.«

»Hat sie gesagt, warum?«

Emma dachte kurz nach. »Wenn Sie so fragen, nein. Nichts Konkretes. Vielleicht ist sie neidisch auf die Tochter, die Neues wagt?«

»Wie ist das Elternhaus von Stefanie Schwendener?«

»Der Vater hatte sein Leben lang als Chemielaborant für denselben Konzern gearbeitet. Die Mutter ist Hausfrau.«

»Stabile Verhältnisse bei Familie Schwendener im Norden«, sagte der Commissario. »Das Problem liegt im Süden. Wie immer.«

Emma lachte. »Was machen Sie mit dem Sperma?«

»Den finden, zu dem es gehört.«

»Fragen Sie bei Dante Savelli nach.«

Der Commissario schaute verblüfft. »Wieso Dante? Hat er Sie auch angerufen und gesagt: ›*Buongiorno*, prüfen Sie mal meine DNA, dann haben Sie etwas zum Staunen.‹«

Emma schüttelte den Kopf. »Nein. Aber immerhin hat er seine Familie verraten.«

»Sieh an«, sagte der Commissario. »Das wissen Sie auch schon?«

»Gerede. Wissen tue ich gar nichts. Können Sie mich bitte aufklären?«

»Dante wurde beschuldigt, das traditionelle Familienrezept der Savelli-Pasta, das bestgehütete Geheimnis im Mendrisiotto, der Konkurrenz zum Kauf angeboten zu haben.«

»Die Konkurrenz kann nur eine sein. Berloni?«

Bianchi nickte.

»Sie haben es gekauft?«

»Nein. Die Verhandlungen sind aufgeflogen, bevor es zum Abschluss kam. Bei Berloni gab es offenbar eine undichte Stelle. Dante Savelli war ein paar Tage in den Medien präsent und wurde als Verräter bezeichnet.«

»Warum hat er das getan? Geld? Rache? Eine Falle von Berloni?«

Der Commissario zuckte mit den Schultern. »Alles ist möglich.«

»Und was geschah dann?«, fragte Emma. »Hatte das keine Konsequenzen?«

»Doch, natürlich. Dante Savelli entschuldigte sich öffentlich und gab die Geschäftsführung an seinen Bruder ab.«

»Mehr nicht?«

»Nein.«

»Glauben Sie, diese Betrugsgeschichte hat irgendetwas mit Stefanie Schwendener zu tun?«

Der Commissario schüttelte den Kopf. »Der Verkaufsversuch ist vier Jahre her. Da war Stefanie Schwendener noch Kindergärtnerin in Oberwil.«

Emma seufzte. »Nichts passt.«

2

Iss, *tesoro mio*, iss.«

Da war er, der Klang von Mamas Stimme in ihrem Ohr. Sie kaute und schluckte. Ihr Mund wurde warm, die Kehle, der Bauch, Beine und Füße.

»*Mamma*«, flüsterte sie.

Sie strich mit dem Finger über die Fotografie, die ihr geblieben war. Die Wärme stieg hoch in die Wangen und lief als Schauer über den Scheitel. Sie fühlte Mamas Arme, die sie fest umschlungen hielten, sie sanft wiegten. Presste ihr Gesicht an diesen wohlriechenden Hals, mit geschlossenen Augen, und sah nun die Piazza vor sich und Mama drüben vor dem kleinen Laden, im blauen Kleid mit weißen Punkten. Sie hüpfte über den Platz und hörte Mama rufen:

»*Tesoro mio, vuoi un gelato?*«

Wieder streichelte sie die Fotografie, die eine von den beiden, die sie in ihrem Köfferchen versteckt gehalten und nachts im Schlafsaal aus dem zerrissenen Futter geholt hatte.

»Ich bin es, *mamma*«, hatte sie geflüstert und das Bild geküsst. »Ich bin hier. Holst du mich? Bitte, liebe *mamma*. Hörst du mich?«

Sie nahm noch eine Gabel. Kaute, spürte dem Geschmack nach, der für Momente ihre Mutter wiederbringen konnte oder Heulkrämpfe, endlos.

3

Ich fasse den Stand der Dinge zusammen«, sagte der Commissario.

Emma hatte vorgeschlagen, die *fabbrica* gegen ein bisschen frische Luft zu tauschen. Nun gingen sie dorfauswärts Richtung Kapelle vom heiligen Beato Manfredo.

»Der Verdacht gegen Francesco und Alessia hat sich nicht erhärtet. Francesco hat mit dem Opfer nichts zu tun und verfolgt seine eigenen Interessen. Alessias mögliches Motiv hat sich in Luft aufgelöst, weil Stefanie nicht Francescos Geliebte war. Alessia hat eine Falschaussage gemacht, um die Fassade eines traditionellen Ehelebens aufrechtzuerhalten.«

»Als Ergänzung ...«, unterbrach Emma ihn, »der Anruf bei der Polizei ging nicht unmittelbar nach dem Fund der Leiche ein, weil Alessia erst noch Francescos Schlafzimmer in ein Büro verwandelte.«

»Danke, ja. Damit schließt sich diese Lücke.«

»Dann haben wir Dante. Dante ist ein hochgebildeter Mann und hat einen versuchten Betrug begangen, der nicht mit dem Mord in Zusammenhang gebracht werden kann. Sein jüngerer Bruder Luigi führt die Firma als Folge des Betrugsversuchs, ist erfolgreich, wirkt verbissen und ...«

»... fällt nicht gerade dadurch auf, dass er die Ermittlungen unterstützt«, warf Emma ein.

»Das stimmt. Aber aktuell sehe ich kein Motiv.«

»Einverstanden.«

Sie waren bei der Kapelle angelangt. Ein offenes Häuschen, einen Torbogen breit, innen eine Wandmalerei, die den knienden Einsiedler vom Monte San Giorgio zeigte. Auf dem kleinen Altar ein weißes Häkeldeckchen, zwei kleine Töpfe mit glänzenden Plastikpflanzen, ein vertrocknetes Blumengesteck.

»Dann haben wir Antonio, den Patron«, fuhr der Commissario fort, »den wir aus gesundheitlichen Gründen noch nicht befragen konnten. Er wirkt verschroben und hat autoritäre Züge, das jedenfalls entnehme ich der Aussage von Luigi Savelli. Allenfalls fällt es ihm schwer, nicht mehr der Boss zu sein. Zum Mörder einer jungen Frau, die in seiner Fabrik Führungen anbietet, macht ihn das allerdings nicht.«

»Wir haben also drei Familienmitglieder ohne Alibi und kein Motiv, wenn wir uns momentan auf die Angehörigen als mögliche Täter beschränken.«

Emma hörte wieder Carlo, den alten Mann, den sie im Grotto Fossati getroffen hatte.

»Wer sonst?«, hatte er gefragt.

»Lucia Cattaneo«, sagte Emma. »Die Putzfrau. Sie hat einen Schlüssel und hätte einfach in die Fabrik spazieren können.«

»Sie hat ein Alibi.«

»Stimmt. Ihr Sohn hat bei ihr übernachtet. Wie heißt er, wo wohnt er?«

Der Commissario nahm sein Handy hervor. »Matteo Cattaneo. Er ist bei seiner Mutter gemeldet, Contrada M. Roncati Nummer 3, hält sich aber vor allem in den ehemaligen Fabrikgebäuden des Steinbruchs von Arzo auf.«

»Was bestimmt illegal ist«, sagte Emma. »Aber das ist nicht meine Sorge. Was tut er dort?«

Der Commissario hob die Schultern, ließ sie wieder fallen.

»Künstler? Bisher ohne Ausstellungen. Er scheint auch keinen Job zu haben. Die Mutter unterstützt ihn mit ihrem Lohn. Sie putzt auch noch auf dem Campingplatz Monte San Giorgio.«

»Ach ja?«, sagte Emma überrascht. »Kurze blondierte Haare, sehr braun, um die fünfzig?«

»Das passt«, sagte der Commissario. »Signora Tschopp, Sie überraschen mich immer wieder. Woher kennen Sie die Frau?«

»Die Baselbieter Polizei residiert ressourcenschonend.« Emma grinste. »Wollen wir zurückgehen?«

Emma sah die Frau im schwarzen Top mit Glitzersteinen und weißen Gummihandschuhen vor sich, die am frühen Morgen den Boden der Duschkabinen mit einem satten Wasserstrahl aus dem Schlauch gereinigt hatte. Sie hatte sich etwas erschrocken Emma zugewandt, als diese grüßte, und dann freundlich gelächelt. Das hatte Emma dazu ermutigt, auf den amulettartigen Anhänger zu deuten, der an einer Kette um ihren Hals baumelte. Ein Stein, den braune, schwarze, graue und kupferrote Büschel strahlenartig umringten, von Silberdraht gebündelt.

»Speziell«, hatte sie gesagt. »Sind das Haare?«

Die Frau war leicht errötet und hatte den Anhänger kurz liebevoll mit ihrer Linken im Plastikhandschuh berührt.

»Ja«, hatte sie gesagt. »Mein Sohn hat ihn gemacht. Er bringt Glück.«

Der Commissario und Emma waren wieder vor der Fabrik angelangt.

»Heute Mittag wissen wir mehr. Ich erhoffe mir viel von den Hausdurchsuchungen bei Familie Savelli«, sagte Bianchi und deutete vage in die Runde. »Und auf die Ergebnisse der DNA-Analyse.«

»Haben Sie bei allen Männern Speichelproben nehmen lassen?«, fragte Emma.

»Von den Savelli-Männern, ja.«

»Wenn eine Probe übereinstimmt, bedeutet das nicht zwingend, dass derjenige auch der Mörder ist.«

»Sie machen mir Mut, Signora Tschopp. Bis später.« Der Commissario reichte ihr die Hand.

»Und wenn wir bei keinem der drei etwas Verdächtiges finden und keine Probe übereinstimmt, muss ich das Sperma des gesamten Sottoceneri vergleichen lassen.«

4

Der Steinbruch von Arzo lag laut Google Maps zwei Autominuten von Meride entfernt. Emma parkte ihren Bus fünfzig Meter vor dem Ziel am Straßenrand. Sie wollte automatisch zu ihrer Dienstwaffe greifen, bevor sie ausstieg. Aber die hatte sie natürlich nicht dabei, sie war ja im Urlaub. Emma wischte sich den Schweiß von der Stirn. Sie war selbst etwas überrascht davon, wie getrieben sie von der Idee war, Matteo Cattaneo einen Besuch abzustatten. Aber das Amulett aus Haaren, das seine Mutter getragen hatte, hatte ein paar Fragen aufgeworfen.

Warum gerade Haare, dieses etwas obskure Material für Schmuck? Was steckte dahinter? Woher bezog er seinen Rohstoff? Und wenn der Sohn einen engeren Bezug zu Haaren haben sollte: Was genau hatte er in der Mordnacht gemacht, die er laut Aussagen von Mutter und Sohn zu Hause verbracht hatte, geschätzte dreihundert Meter vom Tatort enfernt? Wie einfach war es, den Schlüssel zur Spaghettifabrik vom Haken zu nehmen, der im Korridor hing, wie die Mutter sagte, und zwar immer, außer wenn sie gerade in der *fabbrica* putzte?

Emma schloss den Bus ab und ging die Straße entlang. Rechts tat sich bald schon der Wald auf, ein Loch, senkrecht in den Berg gegraben, die Wand, von der der Stein weggesprengt worden war, eine grau-weiße Wunde. Davor lagen riesige bunte Steinblöcke kreuz und quer. Es war wie ein Spielplatz für Riesenkinder, Bauklötze, die sie liegengelassen hatten, sich einem neuen Spiel zuwendend. Ein handgeschriebenes Schild warnte davor, das Areal zu betreten. Emma blieb vor dem Absperrband stehen, strich über die vordersten Steine. Schön glatt waren sie, jeder anders geädert in Blau-, Rot- und Grautönen. Eine verrostete Sägemaschine mit einem Draht veranschaulichte, wie die Steine geschnitten wurden. Dahinter etwas erhöht ein längliches Haus, zugemauert die Fenster und Türen. Zu gern hätte Emma gewusst, was sich dahinter verbarg. Vor dem Haus eine weitere Säge, so, als wäre sie gestern noch in Betrieb gewesen, erst heute zum Objekt geworden in einer Art Freilichtmuseum.

Emma überquerte die Straße, die offenbar wenig befahren war. Seit sie hier war, war kein Auto vorbeigekommen. Das Gelände auf der anderen Seite lag tiefer, darauf erstreckte sich über dreißig Meter ein einstöckiges Gebäude mit mehreren Einheiten, mal eher fabrikartig, mal wie ein Atelier, alles wirkte verlassen. Die Metallteile waren rostig, Holzfassaden ausgebleicht, der Mergelplatz davor von Unkraut überwuchert. Eine Schautafel wies auf die einzelnen Höhlen und Abbauorte hin.

Emma näherte sich einem Fenster. Sie schreckte zurück, als etwas raschelte. Eine riesige Eidechse verschwand in einer Mauerritze. Emma atmete einmal durch, blickte durchs Fenster. Werkbänke standen da, eine Art Amboss, an den Wänden massive Regale, alles leergeräumt. Im nächsten Raum ein Container, wie er für Bauschutt genutzt wurde, bis oben voll mit zersplittertem Mobiliar, Stühlen und Tischbeinen, Metallschrott und Zementsäcken. Der nächste Raum war leer, der übernächste auch, dann stapelten sich Harassen und Paletten. Beim Blick durch das sechste Fenster begann Emmas Herz stärker zu klopfen. Der Raum war heller als die anderen, auf der gegenüberliegenden Seite gingen Fenster bis fast zur Decke. In der Mitte stand ein großer Tisch. Er war übersät mit Zeichnungen,

Stapeln von Papier und Karton, Drahtspulen, Farbtuben, Pinseln. Links an der Wand stand jemand. So groß wie ein Kind. Es stand ganz still. Emma wischte sich den Schweiß aus den Augen. Das Kind lebte nicht. Es war eine Figur, und gar nicht richtig wie ein Kind gebaut, eher ein langer, schmaler Klotz ohne Arme und Beine, aber mit einem Kopf. Alles gelbbraun. Vor der Figur stand ein Mann. Mit einer Pistole. Emmas Herz stand kurz still und schlug dann weiter. Blödsinn. Keine Pistole. Es war eine Lötlampe. Mit der Lötlampe schmolz der Mann ein Loch in den Klotz. Dann griff er in eine Schachtel auf dem Tisch hinter sich, holte etwas heraus, wandte sich wieder dem Klotz zu. Der Klotz war aus Bienenwachs, der Geruch drang durch die Ritzen des Fensters, und dann stank es nach verbranntem Haar.

5

Emma bestellte noch einen Espresso. Die Frau hinter der Theke lächelte ihr zu, strahlendweiß die Zähne im schwarzen Gesicht. Auf einem der Barhocker saß ein Mann, mit dem sie sich in einer Sprache unterhielt, die Emma noch nie gehört hatte. Die diverse Gesellschaft war also auch in der Osteria da Sergio in Arzo angekommen. Emma setzte sich wieder auf die Terrasse. Ein alter und ein junger Mann in Arbeitsoveralls machten Pause bei *caffè* und Croissant. Der alte scrollte in seinem Handy, der junge kritzelte in ein Heftchen. Emma musste schmunzeln. Die guten alten Kreuzworträtsel, es gab sie noch. Sie massierte sich den Nacken. Die Kopfschmerzen von heute früh waren etwas besser, aber der Schock von vorhin steckte ihr noch in den Knochen. Sie war nach dem Erlebnis im Steinbruch zu ihrem Bus zurückgelaufen und Richtung Arzo gefahren. Einfach noch eine Runde drehen, ein bisschen Distanz zu allem, bevor sie nach Meride zurückkehren und Commissario Bianchi von ihrem Ausflug berichten musste.

Die Kellnerin brachte den Espresso. Emma stürzte ihn hinunter und starrte auf die rotgepflasterte Straße, offenbar eine Eigenheit von Arzo. Nochmals lief der Film in ihr ab, die Szenen im Steinbruch.

Emma hatte eben die Hand erhoben, um sachte an das Fenster zu klopfen, den Mann im Atelier auf sich aufmerksam zu machen.

»*Scusi*, Signor!«, wollte sie rufen. »Entschuldigen Sie bitte die Störung, Ihre Mutter hat mich an Sie verwiesen, wegen des Amuletts. Ich wäre daran interessiert, fertigen Sie die auch auf Bestellung an?«

Doch der Mann war ihr zuvorgekommen, hatte den Kopf plötzlich in ihre Richtung gedreht, die Augen weit aufgerissen, als er sie entdeckte. Mit einem Satz war er beim Fenster, die Lötlampe auf sie gerichtet. Sie hatte die Hitze durch die Scheibe gespürt, sich weggeduckt.

»*Vattene, pezzo di merda!*«

Ihr wurde kurz schwarz vor Augen, sie fand sich auf den Knien wieder, und als sie hochsah, stand der Mann über ihr und beschimpfte sie, noch immer die brennende Lötlampe in der Hand. Die Tür hinter ihm war offen, es stank nach verbrannten Haaren. Sie schluckte den Brechreiz weg und hob die Hände.

»Bitte«, sagte sie. »Ich bin nur eine Kundin.«

Der Mann unterbrach seinen Wortschwall. »Kundin?«

»Ja«, sagte sie, schnellte hoch, bekam ihn am Handgelenk zu fassen, drehte ihm den Arm auf den Rücken. Er schrie auf, ließ die Lötlampe fallen. Sie erlosch. Emma drückte ihn gegen die Wand neben der Tür, zog ihren Ausweis aus der Hosentasche.

»Ich wollte eine Kundin sein. Aber Sie gaben mir keine Gelegenheit dazu.«

Sie hielt ihm den Ausweis vor die Augen.

»Emma Tschopp, Polizei Kanton Basel-Landschaft.«

Er spie eine neue Flut von Flüchen, dann heulte er auf. Emma riss ihm den Arm noch ein wenig höher, dann sagte sie:

»Signor Cattaneo, wenn Sie jetzt nicht sofort aufhören und meine Fragen beantworten, rufe ich meine Kollegen vom Commissariato di Lugano. Und die haben Kollegen, die sich sehr für ihr hübsches Atelier hier interessieren.«

»*Merda*«, stöhnte der Mann. »*D'accordo.* Lassen Sie mich endlich los, verdammt.«

Sie ließ ihn los. Und dann hatte sie mit ihm sein Atelier betreten und einen Redeschwall über sich ergehen lassen. Über diese *stronzi*, die ihn schikanierten, wegen irgendwelcher Paragraphen, die keine Menschen in leerstehenden Gebäuden duldeten. Wo er hier doch bloß Kunst machte, richtige Kunst, und woher ein Atelier nehmen? In diesen verdammten Dörfern hier, die sich den Zücchins und Germanici an den Hals warfen, jede Hütte in Luxus verwandelten und verkauften oder horrende Mieten verlangten, sodass nicht mal mehr ein Loch blieb für ihn. Wenn etwas illegal war, dann das, aber nicht sein Atelier hier. *Stronzi.*

Emma hatte den Raum gescannt und versucht, sich jedes Detail einzuprägen, während der Mann sich über seine Kunst ausließ. Seine Werke hielten dem Harten das Weiche entgegen. Wo früher toter Stein bearbeitet wurde, schuf er Neues von Wesen, die lebten. Aus Wachs von Bienen. Aus Haaren von Frauen. Er streichelte über all die Klötze, die hier standen, mit Haarbüscheln versehen, manchmal kurz und stachlig, manchmal lang und weich. Er hielt Emma dazu an, sie ebenfalls anzufassen, seine Kunst war zum Berühren da, sie roch nach etwas, ganz im Gegensatz zu all dem sterilen Zeug für Wohnzimmerwände, das in den Galerien verkauft wurde. Diese Dekorationen. Von *stronzi* gemacht, für *stronzi*.

»Signor Cattaneo«, hatte Emma ihn unterbrochen. »Woher kommen die Haare?«

Die Frage löste längere Ausführungen darüber aus, wie die Haare genau beschaffen sein mussten, damit sie Kunst werden konnten, und dass eine alte Schulfreundin von ihm unten in Riva San Vitale ein Coiffeurgeschäft betrieb und ihn belieferte. Er bockte, als Emma ihren Kontakt verlangte, aber nur bis sie ihm drohte, die *stronzi* vom Amt vorbeizuschicken. Anschließend gab er beinahe schon eifrig Auskunft darüber, wie er die Nacht von Montag auf Dienstag in der Wohnung seiner Mutter verbracht hatte. Bei seiner *mamma*, die vorbehaltlos an seine Kunst glaubte, ihn unterstützte, wo es nur ging, im Gegensatz zu diesen *ignoranti*.

»Wünschen Sie noch etwas?«

Emma zuckte zusammen, sah zur Kellnerin hoch. Nein. Sie musste noch eine Runde drehen in ihrem Bus, bei offenem Fenster den Kopf auslüften. Und dann den Commissario anrufen, um ihm von ihrem Ausflug zu berichten.

6

Aber Ihnen geht es gut?«, fragte Bianchi besorgt.
Er hatte Emmas Anruf entgegengenommen und ihrer Schilderung der Begegnung mit Matteo Cattaneo zugehört. Seine ruhige Stimme erklang durch die Lautsprecheranlage im Bus.

»Sicher«, sagte Emma und wurde etwas verlegen, fasste sich aber schnell. »So eine Lötlampe brennt mich nicht gleich aus.«

Sie kicherte.

»Soll ich eine Durchsuchung des Ateliers beantragen? Oder sind Sie sich ganz sicher, dass nichts zu finden ist?«

Ganz sicher. Was hieß schon ganz sicher.

»Ja«, sagte Emma. »Ganz sicher.«

»Keine Tatwaffe, nichts, was als Stütze unter dem Türgriff hätte dienen können?«, bohrte Bianchi nach.

»Nichts.«

»Und die Haare, die Cattaneo verarbeitet? Da gibt es doch eine offensichtliche Verbindung zu unserem Opfer.«

»Ja«, seufzte Emma. »Das schien mir auch so, als ich das Amulett seiner Mutter gesehen habe. Aber ich lag falsch. Wie immer, wenn es offensichtlich scheint.«

»Was macht Sie so sicher?«

Schon wieder. Der Mann wollte es wirklich wissen. Aber auf eine angenehme Art, eigentlich.

»Cattaneo arbeitet ausschließlich mit Haaren von Frauen, die *leben*. Tote Materie zwar, aber die Frauen produzieren weiter. Die Bienen auch. Ewiger Kreislauf und so.«

»Ich verstehe. Er hat ein Konzept.«

»Und wie. Ein alter Ideologe, obwohl er so jung ist.«

»Hmm.«

Es wurde still im Bus.

»Das Offensichtliche ist es also wie immer nicht«, sagte Bianchi dann. »Zudem hat der Mann für die Mordnacht ein Alibi.«

»Wobei er sich hätte rausschleichen können, während seine Mutter schlief.«

»Nein. Sie hat ausgesagt, dass er nachts zwei Mal aufgestanden ist, um ihr Tee zu kochen. Ein Mal zur möglichen Tatzeit.«

»Was macht Sie so sicher, dass sie nicht lügt, um ihrem Sohn ein Alibi zu geben?«

Der Commissario lachte. »Ihre Recherche, Signora Tschopp. Sie zeigt mir klar: Der Mann hat ein schlechtes Gewissen. Er nutzt seine Mutter aus, und das weiß er. Ab und zu gibt er ihr etwas zurück.«

»Eine Tasse Tee«, sagte Emma.

»Genau.«

»Sind Menschen nicht einfach komisch?«

»Ja«, sagte der Commissario. »Das sind sie. Alle außer Ihnen und mir.«

Sie lachten. Dann entschuldigte sich der Commissario, um einen Anruf entgegenzunehmen.

»Die Hausdurchsuchungen sind abgeschlossen«, sagte er, als er sie kurz darauf wieder zurückrief. »Treffpunkt *fabbrica*?«

»*Certo*«, sagte Emma. »Ich bin gleich da.«

7

Bei den Durchsuchungen der Savelli-Häuser fanden die Kollegen von Commissario Bianchi: Tafelsilber für zweiunddreißig Personen, Tischdecken, Damastservietten, Kristallgläser. Korkensammlungen in Vasen, leere Flaschen von edlen Jahrgängen. Häkeldeckchen, Kochbücher, Wachsblumen, Kreuze und Kristalle. Alte Münzen. Garn in allen Farben, korbweise. Küchenhilfen. Taufkleider, Hochzeitskleider, Winterkleider, eingemottet. Im Keller Radio- und Fernsehgeräte aus dem vorletzten Jahrhundert, Eingemachtes, reihenweise. Gehhilfen. Wein, Kinderwagen, Koffer. In einem kleinen Raum im Hinterhofhaus eine Art Firmenarchiv mit staubigen Pasta-Packungen aus dem vorletzten Jahrhundert, alten Firmenschildern, historischen Gerätschaften für die Herstellung von Pasta, Zertifikaten. Alles, was zum Inventar einer traditionsbewussten Familie gehörte, die seit Generationen in Fächern und Schränken bewahrte, was ihr am Herzen lag. Die Beamten fanden keine Tatwaffe, keine Stütze, die unter den Griff des Kühlraums hätte geschoben werden können, keine Handschuhe, keine Kleider mit Blutspuren.

Der Commissario war enttäuscht, Emma irritiert.

»Ist das alles?«, fragte sie Costa, den Beamten, der ihnen Bericht erstattet hatte.

»Vier Computer haben wir mitgenommen, die werden noch untersucht.«

»Und das ist wirklich alles?«

»*Sì*, Signora«, sagte Costa mit Blick zum Commissario, »wie gesagt, keine Hinweise auf die Tat.«

»Das meine ich nicht«, sagte Emma. »Der Mörder wäre ja blöd, und das ist er in unserem Fall offensichtlich nicht. Aber fällt Ihnen denn nichts auf?«

Die beiden Männer schauten sich an.

»Es gibt keine Fotos. Keine Familienalben, kein Bild, aufgestellt oder an die Wand gehängt. Auch nicht in Schränken versteckt. Vier Häuser, fünf Familienmitglieder, und nirgendwo auch nur ein einziges Foto?«

Emma ging hin und her. Der Packraum hier war viel zu eng, aber zur Zentrale ihrer Ermittlungen geworden.

»Was bedeuten Ihnen Fotos?« Sie blieb vor Costa stehen.

»Wie meinen Sie das?«

»Schnell«, sagte sie, »ohne zu überlegen.«

»Erinnerung«, sagte er.

»Danke.« Emma ging wieder auf und ab. »Eine ganze Familie sperrt ihre Erinnerungen weg. Lückenlos. Das ist kein Zufall.« Sie blieb stehen. »Wir müssen anders vorgehen. Bei denen suchen, die nicht hier sind.«

»Von wem reden Sie?«, fragte der Commissario.

»Von der Frau von Antonio. Der Mutter seiner Kinder, die sich das Leben genommen hat und offenbar kein Andenken wert ist. Und von Luigis Ex-Frau, die er in seinem Keller gefangen hält.«

»Was?!«, sagten der Commissario und sein Beamter gleichzeitig.

Emma winkte ab. »Das war ein Scherz. Aber da war mal eine Ehefrau, die jetzt weg ist.«

»Aber was hat die mit dem Mord zu tun?«, fragte Costa.

»Fragen Sie nicht«, sagte Emma. »Suchen Sie. Finden Sie alles über die Erinnerungen der Familie Savelli heraus, die nicht sein dürfen.«

8

Luigi Savelli tobte. Die Produktion stand seit zwei Tagen still. Bald zwei Tagesumsätze im Rückstand. Die Bestände im kleinen Lagerraum neben der *fabbrica* gingen zur Neige, nachdem die aktuellen Bestellungen ausgeliefert worden waren. Markenzeichen der Savellis war, frisch zu liefern. Keine Massenware, Monate zuvor eingetütet und in Lagerhallen gestapelt, bis sie abgerufen wurden. Keinen geschmacklosen Schrott, der ausgetrocknet und brüchig am Ziel ankam. Savellis Produkte rochen schon in der Packung so, wie sie sich später gekocht im Gaumen entfalteten: paradiesisch. *La pasta casalinga* eben, jeden Tag frisch produziert, wenn nicht dieser Commissario seinen Betrieb stilllegen würde.

Luigi fürchtete verärgerte Kunden, die zur Konkurrenz wechselten. Schlimmer noch: Er fürchtete Dante. Dessen Spott, unausgesprochen. Ein Blick seines großen Bruders genügte, dass er sich klein fühlte. Da war nichts als Überheblichkeit gegenüber dem, was er für die Familienfirma tat, jeden Tag. Für Dante bewegte er sich in den Niederungen eines Geschäftslebens. Aussichtslos, dem Signore Filosofo das Wasser zu reichen. Dem Dottore, der sich zu Größerem berufen fühlte. Diesem kalten Fisch. Was hatte Dante gesagt, als er von der toten Stefanie erfuhr? »Das Leben ist eine missliche Sache.« Sein Lieblingssatz, geklaut von einem Schreiberling, nicht einmal auf seinem Mist gewachsen.

Und jetzt kam der Commissario mit den schmierigen Haaren hinzu und machte sich in seiner *fabbrica* breit. Mit der Hakennase und dem lächerlichen zerfransten Band ums Handgelenk. Dieser Geck, der vorhin auch noch alles über seine Ex wissen wollte. Luigi hatte sich geschworen, den Namen der Frau nie mehr auszusprechen. Ihren Wohnort sollte er angeben. Woher sollte er denn wissen, wohin sich diese *puttana* verzogen hatte. Sie war gegangen, nachdem er alles für sie getan hatte. Täglich hatte er versucht, ihre Wünsche zu erfüllen. Aber als sie Brot bekam, wollte sie Brioche. Als er ihr Brioche gab, wollte sie Kuchen. War der Kuchen alle, forderte sie *pasticceria*, und wenn er ihr das Maul mit *pasticceria* stopfte, schrie sie nach *cioccolatino*. Luigi hielt sich die Ohren zu und kniff die Augen zusammen. Aber da war nicht Rebecca. Die war schon lange weg. Stefanie lag vor ihm, im Kühlraum. Mit blauen Beinen, ihrem grünen Kleid. Er sah sie vor sich, während es in seinem Ohr wieder zu pfeifen begann, ein hoher, durchdringender Ton.

Im Haus schräg gegenüber an der Via Ercole Doninelli saßen Emma und der Commissario in der Wohnung von Antonio Savelli und warteten. Dante Savelli hatte ihnen spöttisch lächelnd die Haustür geöffnet und eine Bemerkung dahingehend gemacht, dass nicht einmal ein alter Tattergreis vor ihrem Befragungswahn verschont bliebe. Emma wollte etwas erwidern, schwieg dann aber. Es war dunkel in der Wohnung, wie offenbar in all diesen Häusern hier, die von außen so romantisch aussahen, innen aber bieder und muffig waren. Der Geruch nach altem Schweiß und kaltem Rauch verursachte ihr eine leichte Übelkeit. Sie hätte gern das Fenster geöffnet, beschränkte sich dann darauf, sich mit einem Rätselheft ein bisschen Luft zuzufächeln. Hinter den Glastüren des schweren Buffets und in den Schubladen der mächtigen Kommoden konnte sie all die Kristallgläser, Tischdecken, Damastservietten und das Tafelsilber erahnen, die bei der Hausdurchsuchung aufgenommen worden waren.

Vom Schlafzimmer her waren nun ein paar Wörter in barschem Ton zu hören. Antonio Savelli erschien in der Tür, im Morgenmantel, gefolgt von Dante, der ihm den Arm reichen wollte, was der alte Mann mit einer genervten Handbewegung abwehrte. Er kam mit langsamen Schritten ins Zimmer, setzte sich zu Emma und dem Commissario an den Tisch und starrte vor sich hin. Sein volles weißes Haar stand wirr in alle Richtungen, die Wunde an seiner Stirn war verbunden.

»Wie geht es Ihnen, Signor Savelli?«, fragte Emma.

Der Alte schüttelte den Kopf und nickte dann. »Jaja.«

»Brauchen Sie mich noch?«, fragte Dante, wieder in diesem spöttischen Ton.

»Ja«, sagte Emma, »im Anschluss möchte ich mich gern mit Ihnen unterhalten. Wo finde ich Sie?«

»Rufen Sie mich an«, sagte Dante mit einem Blick auf den Commissario. »Er hat meinen Kontakt. Viel Vergnügen.«

Er tätschelte seinem Vater die Schulter und ging. Emma fragte Antonio Savelli nach seiner Verletzung, wie es dazu gekommen war. Der Alte griff sich an den Kopf.

»Eine Verletzung? Keine Ahnung. Es tut nicht weh.«

Commissario Bianchi entschuldigte sich dafür, dass er nochmals auf den Dienstagmorgen und den schrecklichen Fund zu sprechen kommen müsste. Er bat Signor Savelli, den Hergang zu erzählen, von dem Moment an, als er die *fabbrica* betreten hatte. Der alte Mann saß eine Weile regungslos und mit gesenktem Kopf da. Dann versuchte er mit erstickter Stimme nachzuerzählen, was geschehen war. Wie er wie immer früh unterwegs gewesen war, um in der

Fabrik nach dem Rechten zu sehen. Er wischte das Rühr-werk, richtete die Säcke, stellte für seinen Sohn Luigi im Büro den Ventilator an. Bei den Gestellen im Trockenraum war er auch, es war wichtig, dass die Spaghettischnüre ein bisschen bewegt wurden, damit sie nicht klebten. Dann ging er zum Kühlraum. Alles war wie immer. Er öffnete die Tür, schaltete das Licht an.

»*Terribile*«, sagte er und verbarg das Gesicht in den Händen.

»Wie standen Sie zu Stefanie Schwendener, Signor Savelli?«, fragte Emma.

Er schüttelte den Kopf.

»*Terribile.*«

»Und wie standen Sie zu ihr?«, wiederholte Emma ihre Frage und tat so, als würde sie den tadelnden Blick von Bianchi nicht sehen. Savelli nahm die Hände vom Gesicht, stützte sich schwer auf dem Tisch ab und starrte wieder vor sich hin.

»Sie machte Führungen«, sagte er.

Emma verdrehte innerlich die Augen.

»Sehr gute Führungen«, sagte er.

Emma erhob sich, um ein Fenster zu öffnen, setzte sich wieder. »Signor Savelli, Ihre Frau ist vor langer Zeit ge-storben. Können Sie uns ein bisschen von ihr erzählen? Wie war sie?«

Sie konzentrierte sich auf Antonio und versuchte wei-terhin, Bianchi zu ignorieren, der begonnen hatte, unruhig auf seinem Stuhl herumzurutschen. Der Alte hatte ihr ab-rupt sein Gesicht zugewandt. Zum ersten Mal sah sie seine Augen. Sie waren dunkelbraun und verengten sich nun zu Schlitzen.

»Wagen Sie es nicht, das Andenken meiner Frau zu be-schmutzen.«

Seine Stimme war so barsch und klar, wie sie sie vorhin aus dem Schlafzimmer gehört hatten. Emma war so verblüfft, dass sie stumm zu Bianchi sah. Dieser beugte sich vor.

»Es liegt uns fern, das Andenken Ihrer Frau auch nur in irgendeiner Weise anzurühren.«

»Sie hat sich das Leben genommen«, mischte sich Emma ein. »Warum?«

Antonio Savelli ballte die Fäuste, dass die Knöchel weiß hervortraten. Sein Gesicht hatte sich schmerzlich verzogen.

»Meine Frau war krank.«

Emma wartete.

»Sehr krank.«

Mit brüchiger Stimme erzählte er. Wie schön seine Frau gewesen war. Wie lieb. Er hatte sie verehrt, auf Händen getragen, ihr jeden Wunsch von den Lippen abgelesen. Er hatte keine Mühe gescheut, sie glücklich zu machen. Aber all seine Liebe konnte Matilda nicht vor den Dämonen bewahren, die sie verfolgten.

»*Terribile*«, sagte er, bevor er verstummte und vor sich hin ins Leere starrte.

Bianchi warf Emma einen vorwurfsvollen Blick zu.

»Ja«, sagte Emma, »schrecklich.«

Bianchi bedankte sich und entschuldigte sich nochmals dafür, dass ihre Fragen schmerzliche Erinnerungen hervorgeholt hatten.

»Signor Savelli«, sagte Emma, »eine Frage noch: Wissen Sie von einer Tochter, die gefährlich ist?«

Sein Knopf schnellte hoch. »Eine Tochter? Gefährlich?« Seine Stimme war wieder voller Kraft, aggressiv beinahe. Er schüttelte den Kopf. »Nein. Davon weiß ich nichts.«

»Hilft es Ihnen, wenn wir Sie in Ihr Zimmer zurückbegleiten?«, fragte Bianchi und erhob sich. »Oder sollen wir Ihren Sohn rufen?«

Der Alte machte eine Handbewegung, als würde er lästige Insekten vertreiben. Sie verabschiedeten sich.

9

Die Glocken der Kirche San Silvestro hoch über dem *parcheggio* schlugen die volle Stunde, dann zwei Mal, als Emma die Tür zu ihrem Bus aufschloss. Das Steuerrad war so heiß, dass sie sich die Finger verbrannte, der Fahrtwind angenehm kühl. Emma sang mit Gianna Nannini zusammen *»Un ragazzo come te«* und drehte die Musik leiser, als Alex ihren Anruf entgegennahm.

»Ciao«, sagte sie, »wie geht's dem besten Bullen vom Baselbiet?«

»Bist du betrunken?«, fragte Alex. »Trunkenheit am Steuer wird auch im Tessin geahndet.«

»Ich bin stocknüchtern«, sagte Emma, »vor allem im Magen. Erst zwei Brioches gegessen heute. Und du?«

»Menü eins. Wie läuft's?«

»Der Tessiner Kollege ist ganz okay.«

»Gut.«

»Ja. Sehr konstruktiv.«

Alex seufzte.

»Und attraktiv. Sehr attraktiv sogar.«

»Du nervst, Emma.«

Sie lachte. »Jetzt im Ernst, Alex. Die Ermittlungen laufen zäh. Wir tappen völlig im Dunkeln.«

»Ja. Das Opfer gibt tatsächlich nichts her.«

»Das hast du schön gesagt. Deshalb will ich nun alles rundum wissen.«

»Rundum?«

»Rund ums Opfer.«

»Da haben wir sämtliche Befragungen gemacht.« Alex'

Ton wurde schärfer. »Wir können noch Dutzende über Stefanie Schwendener befragen, aber alle werden dasselbe sagen. Kein Motiv weit und breit.«

»Ganz ruhig, Alex«, sagte Emma, »eine Frage nur: In der Wohnung von Stefanies Eltern, gibt es da Fotografien? Aufgestellt, aufgehängt, in Alben eingeklebt?«

Stille.

»Alex, bist du noch dran?«

»Ich versuche gerade, mir die Wohnung in Erinnnerung zu rufen.«

»Und?«

»Wenn du so fragst: Ich glaube nicht.«

Emmas Herz schlug schneller. »Wenn das wirklich so ist, Alex, muss ich wissen, warum. Geh nochmals hin und nimm Gaby mit.«

Ihre Kollegin vom Care Team hatte die Fähigkeit, jemanden lieb anzusehen und hinter sanftem Plauderton zu verbergen, was sie wirklich tat: ihr Gegenüber so zu löchern, dass es Dinge sagte, die es später bereute.

10

Rubio freute sich. Er tänzelte um sie herum und wedelte mit dem Schwanz, seit Emma beim Rustico vorgefahren war und den Bus im Schatten der Bäume abgestellt hatte. Sie knuddelte ihn ausgiebig und ging dann zu Karin, die am Mosaik arbeitete. Das Zentrum des Labyrinths war bereits fertig.

»Wow«, sagte Emma, »du bist schnell.«

Weiß und rund breitete sich der Zielraum aus, schwarz umrandet. Außerhalb der schwarzen Begrenzung lagen weiße Wege, zerstückelt von schwarzen Barrieren.

»Komisch«, sagte Emma, »mir fällt erst jetzt auf, dass du verkehrt herum vorgehst.«

Karin unterbrach ihre Arbeit. »Wie meinst du das?«

»In einem Labyrinth beginnt man außen und sucht den Weg nach innen. Das Ziel ist im Zentrum.« Emma deutete auf die Mitte. »Du aber nimmst den umgekehrten Weg. Du beginnst hier und arbeitest dich durch all die Windungen nach außen vor.«

»So ist es«, sagte Karin und rührte neuen Mörtel an. »Wenn ich draußen bin, ist das Ziel erreicht.«

»Wie geht es dir?«, fragte Emma.

»Besser«, sagte Karin. »Ich habe den Schock etwas verdaut. Und bei dir, wie läuft es?«

Emma erzählte, was nicht vertraulich war.

»Was hältst du von Dante Savelli?«, fragte sie.

Karin blickte kurz irritiert. »Ich kenne ihn nicht gut. Wieso fragst du?«

»Ich habe vorhin mit ihm gesprochen.«

»Und?«

Emma deutete auf das Mosaik. »Kann ich helfen?«

»Gern. Mörteln oder legen?«

»Mörteln.«

Sie arbeiteten still. Rubio lag hinter Emma und leckte ihre nackten Füße.

»Und?«, fragte Karin wieder, ohne vom Mosaik aufzusehen.

»Dante behauptet, dass alles ganz anders war. Nicht er hat damals Berloni das Rezept angeboten, Luigi hat es getan. Aus Geldnot, wegen seiner Frau. Dante hat für seinen Bruder den Kopf hingehalten.«

»Dann ist Dante kein Verräter, wie Valeria sagte, sondern ein Retter?«

»Kein Retter. Er hat es für sich getan, damit er als Geschäftsführer zurücktreten konnte. Er hasst das Business. Will lieber den ganzen Tag nachdenken, statt Gestelle zu schieben.«

Karin schüttelte mehr weiße Steinchen aus dem Sack, bedeutete Emma, eine neue Fläche mit Mörtel zu bedecken.

»Dante hat eine Augenprothese«, sagte Emma. »Ich habe sie erst heute bemerkt. Weshalb redet niemand darüber?«

Karin zuckte mit den Schultern. »Wieso sollte man darüber reden?«

»Es war ein Unfall. Als Säugling«, sagte Emma.

Karin schüttelte schwarze Steinchen aus dem Sack.

»Er verletzte sich, als er sich im Korbwagen auf die Seite rollte. Eine Weide hatte sich gelöst und in sein linkes Auge gebohrt.«

»Schlimm«, sagte Karin.

»Ja. Ein Unfall. Schlimmstmögliches Aufeinandertreffen.«

Karin richtete sich auf, sah zu Emma herüber. »Sagt er das?«

»Ja.«

Sie arbeiteten weiter. Emmas Gedanken kreisten. Sie war heute Mittag etwas erschrocken, als Dante Savelli die Haustür seines Vaters geöffnet hatte. Sein linkes Auge wirkte wie verrutscht. Im Gespräch mit ihm hatte sie dann realisiert, dass es tatsächlich bewegungslos blieb. Dante schien überrascht, als sie ihn nach seinem künstlichen Auge fragte. Dann legte er wieder den nachsichtig-spöttischen Gesichtsausdruck auf.

»Wie mutig von Ihnen, Frau Commissaria. Sie wagen es, einen Behinderten auf seine Behinderung anzusprechen. Das geschieht selten. Die Menschen ziehen es vor, beschämt wegzusehen und sich hinter meinem Rücken absurde Geschichten zuzuflüstern.« Er breitete theatralisch die Arme aus. »Aber die Wahrheit ist: Ich habe mir den Verlust selbst zuschulden kommen lassen. Ein ungeschicktes kleines Kind, nicht wahr?«

Dann beschrieb er Klein-Dante ausführlich als Krüppel, der von seiner Mutter gehasst wurde.

»Aber«, warf Emma ein, »eine Mutter, deren Kind sein Auge durch einen Unfall verliert, hasst doch ihr Kind nicht. Sie umsorgt es. Sie behütet es. Sie liebt es umso mehr.«

Dante Savelli lachte, so böse, dass Emma Gänsehaut bekam.

»Aber ich war doch der Idiot, der sich im falschen Moment auf die Seite gedreht hat. Ich war aktiv. Sozusagen der Täter, nicht das Opfer, Frau Commissaria. Sie sollten den Unterschied kennen.«

»Warum hat sich Ihre Mutter das Leben genommen, Herr Savelli?«

Er hatte sich über den Tisch auf der Piazza Mastri gebeugt, auf der sie saßen. Sein totes Auge schien sie zu fixieren.

»Meine Mutter, Frau Commissaria, wird mir ewig ein Rätsel bleiben. Ich habe Geschichte und Philosophie studiert und nichts über sie herausgefunden.«

»Aber Sie wissen bestimmt ...«

»Ich weiß bloß, dass das Leben eine missliche Sache ist. Ich habe mir vorgesetzt, es damit hinzubringen, über dasselbe nachzudenken.«

»Schön gesagt.«

»Schopenhauer. Erzählen Sie mir über Ihren Hund, Frau Commissaria. Wie heißt er?«

»Rubio«, hatte Emma gesagt. »Und wenn Sie schon wissen, dass ich einen Hund habe, verraten Sie mir bitte: Es gibt ein Problem mit Haaren in Ihrer Familie. Weshalb?«

Dante musterte sie spöttisch. »Ein Problem mit Haaren? Ach, Sie meinen meine Schwester? Ja, sie hat es nie überwunden.«

Und er erzählte ihr, wie Alessia Bernasconi-Savelli nach langem Kampf gegen ihren Vater den Beruf der Frisörin erlernen durfte, nur um dann später vom Alten gezwungen zu werden, in die Fabrik zurückzukehren.

»Welche Haarfarbe hatte Ihre Mutter, Herr Savelli?«

»Meine Mutter? Was fragen Sie mich da, Frau Commissaria? Das ist sehr lange her.«

Er legte die Hand an die Stirn, tat übertrieben so, als würde er nachdenken.

»Jetzt weiß ich es wieder. Ihr Haar war schwarz.«

Karin war beim Mosaik-Legen wirklich sehr schnell. Emma streckte ihre schmerzende Wirbelsäule durch, wischte sich den Schweiß von der Stirn. Sie betrachtete den dicken dunkelbraunen Zopf, der Karin über den Rücken fiel.

»Magst du dein Haar?«

Karin sah kurz zu ihr hoch, arbeitete dann weiter. »Wie meinst du das?«

»Ich mochte meine Haare nie. Zu widerspenstig. Deine sind so schön glatt. So wollte ich sie immer.«

Karin lachte. »Und ich wollte Locken.«

»Aber du färbst sie«, sagte Emma.

»Ja, ich helfe ein wenig nach. Sie wären sonst grau, und Grau mag ich nicht.«

»Und bevor sie grau wurden?«

»So wie jetzt. Dunkelbraun. Bis die Silberfäden kamen, mehr und mehr.«

Emma seufzte. »Ich mag meine Silberfäden auch nicht. Aber ich hasse diese Färberei. Meine Eltern hatten ein Frisörgeschäft, ich bin mit dem Geruch von Haarfarbe aufgewachsen. Nach Schulschluss fegte ich Haare weg und las Frauenzeitschriften. Und du?«

»Meine Kindheit?«, fragte Karin und unterbrach ihre Arbeit, um ebenfalls den Rücken durchzustrecken. »Mein Vater war Konditor. Kannst du dir vorstellen, wie dick ich war? Jeden Nachmittag brachte er aus der Backstube mit, was nicht gelungen war.«

»Paradiesisch«, sagte Emma. »Und deine Mutter?«

»Hausfrau.«

»Auch dick?«

»Sehr dick.«

»Dick und bestimmt lieb«, sagte Emma.

»Sehr lieb«, sagte Karin. »Außer wenn mein Vater keine Bruchware nach Hause brachte.«

Sie lachten und beugten sich wieder über das Mosaik. Eine Weile arbeiteten sie schweigend.

»Das mit den Haaren macht mich wahnsinnig«, sagte Emma. »Warum tut der Mörder das? Was an Stefanie Schwendeners Haar ist bedrohlich?«

»Das fragst du mich?« Karin zeigte auf den Mörtel. »Du bist hier die Ermittlerin.«

»Er bricht und schneidet sie.« Emma ahmte die Bewegungen nach. »Ein Massaker, sozusagen.«

»Kannst du bitte neuen Mörtel mischen?«, fragte Karin.

»Es ist wie ein Angriff auf ihre Haare. Dante sagt, dass es darum geht, die Kraft des Opfers zu brechen.«

»Was Dante alles weiß«, sagte Karin.

Emma lachte. »Dieser Mann ist gescheit. Liest wohl schon sein ganzes Leben. Er erzählte mir die Geschichte von Samson und Delila aus der Bibel.«

Karin schüttelte den Kopf. »Da kenne ich mich nicht aus.«

»Samsons Haar verlieh ihm übermenschliche Kräfte. Bis er geschoren wurde.«

»Mörtel?«, fragte Karin ein wenig ungeduldig.

Emma beeilte sich, neuen Mörtel zu mischen. Sie arbeiteten sich bis in den Abend hinein durch den schwarzweißen Irrgarten. Er sah so schön aus, dass Emma sich zunehmend mit seiner Farblosigkeit versöhnte. Sie legte weiter Steinchen aus, während Karin einen Nudelauflauf kochte, der Emma sehr schmeckte, obwohl Fleisch fehlte. Beim Abendessen erzählten sie sich Episoden aus ihrer Kindheit. Emma trumpfte mit den Streichen auf, die sie im Frisörgeschäft gespielt hatte. Karin hielt mit der phantastischen Patisserie dagegen, die sie mit Unterstützung ihres Vaters kreiert hatte. Von der Kindheit kamen sie zu den Männern – nur kurz, Emma schien es, als ob Karin dieses Feld nicht aufrollen wollte – und endeten beim Thema Krankheit und Tod, ausgehend davon, dass Karin beide

Elternteile verloren hatte. Es war ein schöner Austausch, vertraut beinahe. Sie umarmten sich, bevor Emma sich verabschiedete und mit Rubio zu ihrem Bus hinüberging. Sie war müde und aufgekratzt zugleich, und während sie Rubios Schlaflager einrichtete, kreisten ihre Gedanken wieder um die Frage, was an Stefanie Schwendener so bedrohlich war.

11

Am nächsten Morgen saß Emma mit Commissario Bianchi und seinem Mitarbeiter Costa auf der Piazza Mastri und bestellte Espresso. Es war Donnerstag, der dritte Morgen nach der Mordnacht. Commissario Bianchi hatte vorgeschlagen, ihre Ermittlungszentrale zwischenzeitlich in die Bottega Bar l'Incontro zu verlegen. Das kam Emma gelegen. Heute früh war sie übel gelaunt aufgewacht. Die Recherchen, die sie nach vergeblichen Versuchen, Schlaf zu finden, in der Nacht zuvor noch gemacht hatte, führten zu nichts. Nirgendwo gab es Übereinstimmungen, die Verblüffendes auftaten. Keine Haken, an denen man einen Verdacht aufhängen konnte, oder zumindest eine Unstimmigkeit. Alles lief ins Leere.

»Dante Savellis Augenprothese«, sagte Emma, »wie kam es eurer Meinung nach dazu?«

Sie registrierte den irritierten Blick von Commissario Bianchi. »Wie kommst du darauf? Es war ein Unfall. Als Säugling.«

»Sagt man. Sagt er. Was, wenn es kein Unfall war?«

Bianchi zog die Brauen hoch. »Hast du einen Grund, daran zu zweifeln, Emma?«

Sie duzten sich seit dem Vortag. Jetzt ließ er keine Gelegenheit aus, sie Emma zu nennen, und sie fand trotz ihres Unmuts, dass ihr Vorname ganz gut klang, wenn Marco ihn aussprach.

»Ja«, sagte Emma bockig. »Dante wirkt wie ein Schauspieler, der eine jahrelang eingeübte Rolle spielt. Dazu gehört die Geschichte mit dem Unfall.«

»Und was soll das mit dem Mord zu tun haben?«, maulte Costa. »Hat Stefanie Schwendener ihm das Auge ausgestochen und musste dafür Jahrzehnte später büßen?«

Emma ignorierte ihn. »Und der alte Savelli, mit dem stimmt auch etwas nicht. Er ist ein Jammersack, der sich hinter seinem Schock versteckt. Und ihr lasst das zu.«

»Emma«, sagte Bianchi. »Er hatte tatsächlich einen Schock. Wir müssen das berücksichtigen.«

»Stimmt«, mischte Costa sich wieder ein. »Es wäre kontraproduktiv, ihn unter Druck zu setzen.«

»Genau das würde es brauchen«, beharrte Emma, »Druck. Wir müssen ihm zu verstehen geben, dass seine Schonzeit abgelaufen ist.«

»Warum bist du so hart mit ihm, Emma?«

»Ich weiß es nicht«, sagte sie. »Ein Gefühl.«

Costa schnaubte. Bianchi lächelte.

»Warum lachst du?« Es klang schärfer, als Emma beabsichtigt hatte. »Schon mal davon gehört, dass die Welt aus mehr besteht als aus harten Fakten?«

Bianchi nickte.

»Ich nutze das bei meiner Arbeit.« Je länger Marco lächelte, desto gereizter wurde sie. »Methodenvielfalt nennt man das.«

»Da hast du mir etwas voraus«, sagte Bianchi sanft.

Er legte es tatsächlich darauf an, sie zu provozieren. Emma wollte etwas entgegnen, hielt aber inne, als sie seinen Gesichtsausdruck sah. Ernst jetzt, ohne Lächeln, die Augen aufmerksam auf sie gerichtet. Sie atmete einmal tief durch, lehnte sich zurück.

»Wir sind bei Antonio Savelli stehen geblieben«, sagte Bianchi. »Und seinem Schock.«

»Genau. Diese Verletzung auf seiner Stirn. Die scheint aus dem Himmel gefallen zu sein.«

»Er hat seinen Kopf auf den Boden geschlagen, nachdem er die Tote entdeckt hat«, sagte Costa.

»Sagt wer? Er?«

»Nein. Luigi Savelli. Er hat seinen Vater daran gehindert, den Kopf wieder und wieder auf den Boden zu schlagen. Schockzustand.«

»Aha.«

»Emma«, sagte Marco. »Was denkst du?«

»Dass Antonio die Verletzung auch von einem Gegenstand haben könnte.«

Beide Männer starrten sie an.

»Bevor er das Opfer mit dem zweiten Schlag endgültig zu Boden bringen konnte, bekam es den Mordgegenstand zu fassen und fügte seinem Angreifer diese Wunde zu.«

Costa schnaubte wieder. »Antonio Savelli als Mörder?«

»Es wäre das perfekte Verbrechen. Der Patron bietet Stefanie Schwendener an, ihr das Firmenarchiv zu zeigen. Sein Allerheiligstes, das sonst niemand betreten darf. Sie sagt zu, weil sie sich geehrt fühlt und hofft, ihre Führung mit Objekten aus der Firmengeschichte und Insiderwissen anreichern zu können. Sie verabreden sich vor der *fabbrica*. Antonio schließt auf und bittet Stefanie zum Kühlraum. Er will ihr dort etwas zeigen, bevor sie ins Archiv gehen. Sie willigt ein. Es gibt keinen Grund, dem Patron zu misstrauen. Er lässt Stefanie vor sich in den Kühlraum eintreten, schlägt von hinten mit dem Gegenstand zu, den er bereitgelegt hat. Sie fällt nicht sofort, kann nach der Tatwaffe greifen und ihrerseits Savelli einen Schlag versetzen, bevor er sie endgültig niederstreckt.«

Bianchi und Costa rührten in ihren Espressotassen, die unterdessen gebracht worden waren.

»Er verriegelt die Tür, blockiert den Griff zusätzlich mit der Stütze und geht nach Hause. Ein paar Stunden später kontrolliert er, ob die Frau wirklich tot ist. Dann schneidet er ihr das Haar. Die Schere lässt er liegen, um den Verdacht auf diejenigen zu lenken, die sie im Packraum nutzen. Zum Beispiel seine Tochter Alessia. Beim Verriegeln des Raumes lässt er die Stütze weg. Am nächsten Morgen macht er wie gewohnt seinen Rundgang durch die Fabrik und findet die Leiche. Um seine Wunde zu tarnen respektive zu erklären, schlägt er den Kopf auf den Boden. Aber erst, als er Publikum hat. Seinen Sohn Luigi, der wegen des inszenierten Geschreis des Alten herbeigeeilt ist.«

Bianchi rührte noch immer in seiner Tasse. »Der Mörder findet sein Opfer. Das ist raffiniert.«

»So ist es«, sagte Emma. »Und kräftig genug zum Zuschlagen ist er auch, trotz seines Alters.«

»Alles stimmt«, sagte Bianchi. »Aber …«

»Verraten Sie uns bitte noch, was …«, mischte sich Costa ein.

»Genau«, sagte Emma. »Das Motiv.« Sie hob die Schultern, ließ sie fallen. »Es fehlt.«

»Wozu dann das Ganze?« Costas Ton wurde noch gehässiger.

»Nur so eine Spielerei«, sagte Emma. »Ich liebe perfekte Verbrechen. Sie nicht?«

»Pha«, sagte Costa.

Bianchi hatte aufgehört, in seiner Tasse zu rühren, und betrachtete den Löffel, während er sagte: »Allenfalls doch etwas zu konstruiert.«

Emma trank ihre Tasse leer und knallte sie auf den Unterteller. »Was erzählt die Krankengeschichte von Matilda Savelli?« Sie versuchte, ihren unfreundlichen Ton etwas zu mäßigen. »Weshalb hat sie sich umgebracht? Und unter welchen Umständen?«

»Die Akten sind wenig aufschlussreich«, sagte Bianchi, »viele Fachbegriffe, die heute zur Diagnose Depression zusammengefasst würden. Sie war von Februar 1977 bis Juli 1978 stationär in der Clinica psichiatrica cantonale untergebracht, unterbrochen von kurzen Urlauben zu Hause. Beim vierten Urlaub erhängte sie sich auf dem Dachboden der *fabbrica*. Eine Anna Albisetti hat sie damals gefunden.«

»Anna Albisetti?«, fragte Emma.

»Die Kinderfrau«, sagte Costa.

»So jemanden brauchen wir!«, rief Emma, »Endlich eine Zeitzeugin. Jemand, der etwas *gesehen* hat damals, *erlebt*. Nicht dauernd dieses Geschwätz.«

Costa fuhr auf. »Wieso jetzt plötzlich Geschwätz? Sie wollten doch, dass die Ex-Frau von Luigi Savelli gesucht wird.«

»Genau«, sagte Emma. »Wurde sie befragt?«

»Dazu müssen wir sie erst finden«, fauchte Costa. »Und das braucht unnötig Zeit. Falls wir sie überhaupt je finden.«

»Niemand verschwindet einfach so«, sagte Bianchi. »Selbst eine Italienerin nicht.«

»Trotzdem«, beharrte Costa. »Wir sollten uns an die harten Fakten halten und nicht in alten Familiengeschichten wühlen.«

»So, ja, an welche harten Fakten denn? An die Spermaspuren?«, giftete Emma zurück. »Sind die DNA-Analysen gemacht?«

Costa schaute böse. »So schnell wie im Fernsehen geht das nicht. In den nächsten Stunden erhalten wir die Resultate.«

»Gut.« Emma versuchte, einen netteren Ton zu finden. »Nochmals zu Anna Albisetti. Sie hat offenbar die Kinder betreut, während die Mutter in der Psychiatrie war. Haben Sie sie ausfindig gemacht?«

»Ja«, sagte Costa.

Emma sprang auf. »Na also. Die Frau muss mehr wissen. Holen Sie alles aus ihr raus.«

»Gern, Signora Commissaria«, sagte Costa. »Das Problem ist nur, dass Anna Albisetti tot ist. Harter Fakt.«

Er grinste. Das fiese Grinsen eines kleinen schadenfreudigen Polizeibeamten.

12

Noch ein Mal wollte sie sich testen. Ein letztes Mal.
»Schwester Elisabeth«, flüsterte sie.

Sie wartete gebannt. Die Ruhe in ihr hielt an. Keine quälenden Bilder mehr, die sie vergeblich zu verdrängen versuchte. Keine Nächte, in denen sie Ewigkeiten wach lag, mit brennenden Augen und Erinnerungen, die sie zu verdrängen suchte. Sie konnte etwas, was sie nicht kannte: eine Nacht lang schlafen, ohne Medikamente. Sie fürchtete sich nicht mehr. Die Macht von Schwester Elisabeth war gebannt.

»Danke, *babbo*«, flüsterte sie. »Das verdanke ich dir. Alles verdanke ich dir, Idiot.«

Sie lachte, bis ihr die Tränen über die Wangen liefen.

»Es tut mir leid, Stefanie«, flüsterte sie. »Er ist ein Mann der Tat. Das war er immer schon.«

Dann weinte sie.

13

Der Friedhof von Meride lag auf einer Terrasse oberhalb des Dorfs. Emma war die Salita San Silvestro hochgegangen, am Eckhaus vorbei, in dem Stefanie Schwendener gewohnt hatte. Es folgte ein Garten, der zu dem palastähnlichen Haus mit bemalter Loggia gehörte. Hier waren Baukünstler aus Meride in der Welt draußen, zu Geld gekommen und hatten auch zu Hause das geschaffen, was sie gut konnten: elegante Portale, von Loggien gesäumte Innenhöfe, Bankettsäle. Emma hatte zwei, drei Artikel gelesen, neugierig geworden durch die Aussage von Valeria Peverelli, sie sei vom »verarmten Zweig der Familie«. Der verarmte Zweig kam in den Berichten nicht vor. Logisch.

Im Garten hatte eine ältere Frau Unkraut gezupft aus großen Töpfen mit Oleander, in einem eleganten schwarzen Kleid, und Emma ignoriert, die freundlich grüßen wollte. Die Frau musste Signora Fossati sein, Verwalterin des Anwesens, die ihre beste Untermieterin verloren hatte. Emma war kurz versucht, die Frau anzusprechen, ging dann aber weiter das mit Flusskieseln gepflasterte Sträßchen hoch. Nach der unbefriedigenden Besprechung mit Commissario Bianchi und diesem Costa brauchte sie Bewegung und Ruhe zum Nachdenken. Ein Besuch bei den Toten konnte da nicht schaden. Zudem hoffte sie, das Grab von Matilda Savelli zu finden.

Oben angelangt, öffnete sie das schmiedeeiserne Tor, schloss es hinter sich, ging bis zur Kirche. Die Tür war verriegelt. Ein Castello war hier ganz ursprünglich gewesen, stand auf der Tafel geschrieben. Die Kirche wurde 1483 erwähnt, ihre Schätze waren im Museo di Arte Sacra im Dorf unten zu besichtigen. Emma hatte das Haus im Vorbeigehen gesehen, die Ausstellung war nur an ausgewählten Tagen oder auf Anfrage zugänglich. Sie trat zur Brüstung, um die Terrasse mit den Gräbern unterhalb der Kirche zu überblicken. Auch im Tod waren nicht alle gleich. Rechts und links Gräber in Reihen, mit einfachen Kreuzen oder aufwendig in Stein gehauenen Grabmälern. Porträtfotografien der Verstorbenen, Nelken aus Plastik, verdorrte Rosen. An einer Wand Gedenktafeln, die auf die Asche dahinter verwiesen, in Urnen gefasst, was bleibt. Daneben zwei mausoleumartige kleine Totenhäuser. Emma ging die Treppe hinunter auf die untere Terrasse, um die Namen lesen zu können. Die Roncatis und Fossatis teilten sich ein Haus, beim rosaroten nebenan waren hinter der getönten Glastür keine Namen zu entdecken.

Klar, dass die Familie Savelli sich nicht solchen Pomp leistete. Emma ging weiter an den Grabreihen entlang. Quadri, Tettamanti, Brusadelli, Bachmann. Und Cattaneo, immer wieder. Hier, das war das Grab der Familie Savelli. Eine graurot geäderte Steinplatte am Boden, hinten von demselben Grabstein vertikal abgeschlossen, ein Kreuz dazu, zwei eingravierte Namen. Felice, 1911–1970, Rosa, 1915–1971. Hier schienen die Eltern von Antonio Savelli zu ruhen, zwei Gräber weiter ein Bruder, wie Emma vermutete, Vittorio Savelli, mit 23 Jahren bereits verstorben. Eine Matilda Savelli war nirgendwo zu finden.

»Kein Platz hier für die Selbstmörderin«, murmelte Emma.

Sie spazierte an weiteren Gräbern entlang, blieb kurz vor einem offenbar frischen Kindergrab stehen. Ein Teddybär saß da, an den Stein gelehnt. Gerade mal drei Jahre alt war der Junge geworden. *Il nostro tesoro*«, sagte die Inschrift, »ist zu Gott gegangen.« Emma spürte einen Kloß im Hals, als sie weiterging. Kinder, die sterben mussten, das war einfach ungerecht. Zu Gott gegangen. Emma schüttelte den Kopf und fuhr sich über die Augen. Sie schien in labiler Gemütsverfassung zu sein, zwischen Trotzen und Heulen, übermüdet. Ideale Voraussetzungen, um einen Mord aufzuklären.

Sie erschrak, als ein Vogel aufflog. War da jemand? Ein Schatten bei der Treppe drüben, die hoch zur Kirche führte? Emma ging weiter, wandte sich nach ein paar Metern wieder um. Jetzt erkannte sie die Gestalt, die klein und gebückt an den Gräbern entlangtrippelte und nun ebenfalls stehen blieb, zu ihr herüberschauend. Die Nachbarin schräg gegenüber vom Haus Bernasconi-Savelli.

»Signora!«, rief Emma. »*Per favore.* Können Sie mir einen Gefallen tun?«

Die alte Frau kam auf sie zu, Misstrauen im Blick, die Lippen zusammengepresst.

»*Buongiorno*, Signora«, sagte Emma. »Ich bin Emma Tschopp, wir sind uns neulich in der Via Ercole Doninelli begegnet.«

Die Alte starrte zu ihr hoch.

»Bitte sagen Sie mir: Wo finde ich das Grab von Matilda Savelli?«

Der Finger der Frau bohrte sich so schnell und heftig in ihre Brust, dass Emma zusammenzuckte.

»Bringst du Matilda wieder ein Geschenk?«, fragte die Alte in giftigem Ton.

»Geschenk?«, fragte Emma und schob den Finger weg. »Was für ein Geschenk?«

»Die Blume. Hast du sie hingelegt?«

»Ja«, sagte Emma. »Das war ich. Zeigen Sie mir jetzt bitte das Grab?«

Wieder stieß die Alte sie gegen die Brust.

»Du lügst. Die Blume ist nicht von dir.« Sie krallte ihre Finger um Emmas Handgelenk. »Wenn du nicht einmal weißt, wo das Grab liegt.«

Sie zog Emma mit sich, zur hintersten Ecke des Friedhofs, wo ein paar einfache Kreuze standen. Es war, wie Emma vermutet hatte. Matilda lag da unter einem ausgetrockneten Holzkreuz begraben, weit weg von ihren Verwandten. Die Inschrift war kaum mehr lesbar: Matilda Savelli, 1940–1978.

»Wo ist die Blume?«, fragte Emma.

Da ergoss sich ein Redefluss über Emma. Eine so hastig erzählte Geschichte aus dem zahnlosen Mund, dass Emma bei allem Bemühen bloß einzelne Wörter verstand. *La figlia, il fiore, arrabbiato, molto arrabbiato*. Nach vielen Fragen und Wiederholungen setzte sich für Emma das Geschehen nach und nach zusammen. Die alte Frau hatte auf dem Grab von Matilda Savelli eine Blume gefunden, was außergewöhnlich war – »*anormale, straordinario*«. Niemals legte jemand Blumen da hin, das war wie ein Gesetz. Bei ihrem Spaziergang hatte die Alte die Blume gesehen. Sie hatte den ganzen Friedhof abgesucht, um herauszufinden, wer das getan hatte. Sie fand niemanden. Aber sie wusste, dass nur eine infrage kam.

Sie nahm die Blume und ging ins Dorf hinunter, so schnell sie konnte, zu Antonio in die *fabbrica*, um ihn zu warnen. »Deine Tochter war da, schau nur, diese Blume lag auf Matildas Grab.« Diesen Satz verstand Emma gut, die Alte wiederholte ihn ein paar Mal.

Als Antonio das hörte, wurde er sehr wütend. Er nahm die Blume und zertrampelte sie, er warf sie aus der *fabbrica*, die zerfetzte Blume und die Botin. Noch am anderen Ende des Dorfes war sein Brüllen zu hören. Als die Alte später eine zweite Blume fand, wagte sie es nicht, die Fabrik erneut zu betreten. Sie legte die Blume einfach vor die Tür.

»*La figlia*«, wisperte die Alte und packte wieder Emmas Handgelenk, »die Tochter macht ihn sehr wütend.«

14

Alessia Bernasconi-Savelli war gerade dabei, ihre diversen Katzen zu bürsten. Emma hatte an der Haustür geklingelt und, als niemand reagierte, an das große Tor in der Fassade gepoltert, bis dieses von der Hausherrin geöffnet wurde. An ihrem T-Shirt klebten Büschel von flaumigen Katzenhaaren. Hinter ihr befand sich ein kleiner Hof. Das Motorrad von Francesco Bernasconi war nicht da.

»Nur ein paar Fragen«, sagte Emma. »Ich setze mich einfach dazu. Sie bürsten weiter.«

Alessia erinnerte sich gut an jenen Morgen, an dem die alte Frau – sie hieß Olga Pagani – in die Fabrik gekommen war. Alessia hatte wie immer im Packraum gearbeitet und die Alte nicht eintreten sehen. Erst als sie das Gebrüll ihres Vaters gehört hatte, war sie in den Produktionsraum hinübergeeilt, wo Antonio Savelli gerade die sich sträubende Alte Richtung Ausgang zerrte. Bevor Alessia auch nur verstand, worum es ging, war die Frau draußen auf der Straße und das Tor mit einem Knall geschlossen. Dann versammelte der Vater alle und wollte wissen, wer von ihnen die Blume auf das Grab gelegt hatte. Er wandte sich an jeden Einzelnen, der erschrocken in der Runde stand, und ließ alle schwören, dass sie es nicht waren, um dann wieder loszubrüllen, dass er genau wusste, wer hier log. Alle waren still an die Arbeit zurückgekehrt. Alessia hatte im Packraum leise die Tür geöffnet und Olga gesehen, die wirr vor sich hin redend die Via Ercole Doninelli hinauf- und hinunterschlurfte. Eine zerfetzte Blume baumelte in ihrer Hand.

»Alle«, sagte Emma. »Sie reden von ›allen‹, die vor Ihrem Vater schwören mussten. Wer war dabei?«

»Halt wir, die hier arbeiten. Luigi, Dante, ich. Und Stefanie. An dem Tag sollte eine Führung stattfinden. Die Leute warteten zum Teil schon. Ich dachte noch: Welche Schande, jetzt haben die das alle mitgekriegt.«

»Warum haben Sie diesen Vorfall bei der Befragung verschwiegen?«, fragte Emma.

Alessia ließ den Kater frei, den sie eben gebürstet hatte. Er floh mit einem Satz.

»Ich habe nicht mehr daran gedacht.«

»Signora Bernasconi«, sagte Emma.

Alessia zögerte. »Ich hatte es wohl verdrängt. Es war schlimm. Es war … es war so, als würde *papà* endgültig durchdrehen.«

»Endgültig?«

Alessia erhob sich aus der Hocke und setzte sich neben Emma auf die Bank.

»Er hatte schon einmal einen ähnlichen Anfall. Es war auf der Sagra Santa Teresa. Da kam er plötzlich durch die Menge gestürzt, stieß alle weg, stellte sich vor die Kirche und schrie, dass er den umbringen werde, der es wagte, die Totenruhe seiner Frau zu stören.«

Alessia verharrte in Gedanken.

»Und dann?«, fragte Emma.

»Es war ein schrecklicher Moment. Alle hörten auf zu reden und starrten zu ihm, dann zu uns.«

»Uns?«

»Wir. Unsere Familie. Wir waren alle dort. Man saß an Tischen und aß und trank.«

»Und außer Ihrer Familie?«

Alessia zuckte mit den Schultern. »Das ganze Dorf, wie es bei so einem Fest üblich ist.«

»Wann war das?«

»Die Sagra Santa Teresa ist immer Anfang Oktober.«

»Dann passierte das letzten Oktober?«, fragte Emma.

»Ja. Wir waren eben dabei, darüber zu scherzen, dass unsere *fabbrica* Meride weltberühmt machen wird, dass Touristen nur so herbeiströmen werden, und Stefanie hatte gesagt, dass sie schon immer Reiseleiterin werden wollte.«

»Stefanie?«, fragte Emma. »Stefanie Schwendener war auch da?«

»Mit Karin Brunner. Jetzt erst, wo Sie fragen, erinnere ich mich genau. Die beiden saßen am selben Tisch, wir kamen ins Gespräch.« Alessia verharrte wieder in Gedanken. »Ja«, sagte sie leise. »Ich glaube, das war der Moment, in dem aus einem Scherz heraus die Idee entstand, dass Stefanie bei uns Führungen machen könnte.«

»Und als sie so miteinander redeten, kam der Auftritt Ihres Vaters«, sagte Emma.

Alessia nickte. »Es war unheimlich. So schnell, wie er kam, verschwand er wieder. Danach war alles wie vorher, niemand hat ihn je darauf angesprochen. Jedenfalls wüsste ich nichts davon.«

»Signora Bernasconi«, sagte Emma. »Was ist so schlimm daran, wenn jemand eine Blume auf das Grab Ihrer Mutter legt? Wenn *Sie* eine Blume auf das Grab Ihrer Mutter legen?«

Alessia sah Emma erschrocken an. »Aber ich war das nicht! Nie im Leben wäre mir das in den Sinn gekommen. *Papà* hat uns immer zu verstehen gegeben, dass über *mamma* nicht geredet werden durfte. Ihr Grab war kein Thema für mich. Für niemanden von uns.«

»Warum ist Olga Pagani so überzeugt davon, dass die Tochter die Blume auf das Grab gelegt hat? Sie spricht immerzu von der *figlia*.«

Alessia hob wieder die Schultern. »Ich war es nicht. Sie spinnt.«

»Können Sie sich erinnern, was für eine Blume es war?«

»*Papà* hatte sie so zerfetzt, dass nicht mehr viel übrig geblieben ist«, sagte Alessia. »Aber ich sehe sie noch genau vor mir, in der Hand von Olga. Es war eine Sonnenblume. Auch die zweite.«

»Die zweite?«, fragte Emma.

»Vor drei Wochen lag eine vor der Tür. Ich habe sie gefunden.«

»Olga«, murmelte Emma. »Sie traute sich nicht mehr hinein.«

»War die auch vom Grab?«, fragte Alessia.

»Es scheint so«, sagte Emma. »Wie hat Ihr Vater reagiert?«

»Ich wollte sie aufheben und wegwerfen, damit *papà* sich nicht aufregt.«

»Und?«, fragte Emma.

»In diesem Moment kam er. Er war schneller. Er bückte sich, packte die Blume und ging an mir vorbei nach oben.«

»Was hat er gesagt?«

»Nichts. Er blieb ganz ruhig. Aber sein Gesicht war so … anders.«

»Wie anders?«

»Unheimlich. Wie ein anderer Mensch.«

»Hmm«, sagte Emma.

»Er muss meine Mutter sehr geliebt haben.«

Alessia packte die Katze, die sich neben sie auf die Bank gelegt hatte, und begann, ihr Fell mit kräftigen Bewegungen zu bürsten.

»Signora Tschoppp«, sagte sie leise und mit einer Stimme, als wäre sie ein kleines Mädchen. »Was bedeutet das alles?«

»Wenn ich das wüsste«, sagte Emma.

Ihr Telefon klingelte, ein Anruf von Commissario Bianchi. »Die Ergebnisse der DNA-Untersuchung sind da.«

»Und?« Emma war aufgesprungen, die Katzen flohen.

»Wir treffen uns in der Fabrik.«

15

Das Sperma stammte von Luigi Savelli. Damit konfrontiert, brach er zusammen. Kein arroganter CEO mehr, im Dienst von Renditen und Familientradition. Nachdem er wie ein Kind geschluchzt hatte, gab er zu Protokoll, dass Stefanie Schwendener und er sich am Abend vor der Mordnacht getroffen hatten, an ihrem Ort, wie immer. Ihr Ort war auf dem Gelände der ehemaligen Ölfabrik Spinirolo, ein kleines Häuschen abseits der Hauptgebäude. Ihr Geheimnis, gut gehütet, kostbar für beide. Luigi Savelli wurde wieder von Weinkrämpfen geschüttelt. Er war gegen 19 Uhr dort eingetroffen, sie etwas später. Sie kamen zu Fuß, immer auf getrennten Wegen. Niemand sollte sie je gemeinsam sehen. Niemals sollte sich jemand das Maul über sie zerreißen. Deshalb hatte Luigi auch in der ersten Befragung die Beziehung zu Stefanie Schwendener und ihr Treffen am Vorabend des Mordes verschwiegen. Gegen 20 Uhr war Stefanie zurückgegangen. Er hatte noch einen Moment gewartet und war dann ebenfalls aufgebrochen. Das Häuschen auf dem Spinirolo-Gelände war ihr Ort schon seit April. Gemäß Luigis Aussage war an jenem Abend nichts Außergewöhnliches vorgefallen, auch schien ihm Stefanie wie immer. Sie hatte vor, nach Hause zu gehen. Er selbst setzte sich vor den Fernseher, gegen 23 Uhr ging er schlafen. Für die Zeit danach hatte er seiner vorherigen Aussage nichts hinzuzufügen.

»Der Brief in der Küche. Der so tut, als wäre er von einem Kind«, sagte Commissario Bianchi.

»Der ist von ihm.« Emma nickte. »Seine Reaktion war

eindeutig, als ich ihm das Foto auf meinem Handy gezeigt habe.«

»Wir haben also endlich das Motiv«, sagte Costa und lehnte sich zufrieden zurück. Sie saßen zu dritt in der *fabbrica*.

»Deshalb blühte die *piccola* Signorina auf«, murmelte Emma.

»Bitte?«, fragte der Commissario.

»Luigi Savelli tat Stefanie Schwendener offenbar gut. Sex und Romantik, ohne Verpflichtung.«

»So?«, sagte Bianchi und zog die Brauen hoch.

»Sie nehmen ihm doch diese Geschichte nicht ab?«, fragte Costa und musterte sie mit einem Blick, der zwischen Ungläubigkeit und Verachtung schwankte.

»Doch«, sagte Emma.

»Aber dahinter kann sich ein eiskalter Mord verbergen.«

»Luigi mag erfolgsorientiert bis narzisstisch sein, ein Macho dazu. Aber bestimmt bringt er nicht die Frau um, mit der er unkomplizierten Sex hat.«

»Vielleicht war die Beziehung doch etwas komplexer, als du vermutest, Emma?«

»Nein, Marco«, Emma lächelte zurück. »Dieser Mord ist von Hass gesteuert, oder zumindest von Angst. Aber nicht von Liebe.«

»Aber …«, setzte Costa an.

»Luigi hat bereits ein Problem. Da setzt er keines obendrauf.«

»So?« Costa schaute zu Bianchi. »Und das wäre?«

»Er muss seinem großen Bruder dankbar sein. Luigi nämlich war es, der das Familienrezept verkaufen wollte. Er brauchte Geld, um den Ansprüchen seiner damaligen Frau gerecht zu werden.«

»Nein«, sagte Bianchi überrascht.

»Dantes Aussage. Ich habe sie von meinem Kollegen aus Liestal überprüfen lassen. Dante hat den Kopf für seinen Bruder hingehalten.«

»Der spinnt«, sagte Costa.

»Vielleicht ein bisschen«, sagte Emma. »Aber auf eine sehr gescheite Weise.«

»Trotzdem.« Costa war ungehalten. »Trotzdem kann Luigi den Mord begangen haben. Viele Menschen schaffen sich ein Problem nach dem andern. Oder ist das bei Ihnen in der Deutschschweiz anders?«

Emma musste lachen. »Wenn Sie darlegen können, dass Luigi Savelli das Opfer hasst, ändere ich gern meine Meinung. Vorerst aber interessiert mich, was seine Ex zu berichten hat. Wurde sie endlich gefunden?«

»Nein«, zischte Costa. »Vielleicht findet sie ja Ihr Kollege aus Liestal schneller?«

Er sprach Liestal so aus, als wäre es etwas sehr Ekliges. Emma wollte etwas Böses entgegnen, schwieg dann aber und richtete ihre Gedanken wieder auf die goldgelb leuchtende Sonnenblume auf blauem Grund, die in Stein gefasst den Eingang zu Karins Haus schmückte.

Bei ihrer Ankunft im Rustico wurde Emma von Rubio freudig begrüßt. Sie warf ein paar Mal den Ball für ihn und setzte sich dann zu Karin, die mit mörtelverschmierten Knien im Schatten saß und Bohnen rüstete. Sie wechselten ein paar Sätze über die Ereignisse des Tages. Dann erhob sich Emma, um das Mosaik vor der Eingangstür auf der anderen Seite des Hauses zu betrachten, ging wieder zu Karin zurück.

»Stefanies Sonnenblume«, sagte Emma. »Sie hat das Motiv gewählt, hast du gesagt?«

»Ja. Sie wollte es so.«

Emma begann, auf und ab zu gehen, und wies Rubio an, sich hinzulegen.

»Hat Stefanie gesagt, weshalb sie dieses Motiv gewählt hat?«

»Nein«, sagte Karin. »Ihre Lieblingsblume vielleicht?«

Emma nahm sich eine Pflaume aus der Schale, ging weiter hin und her.

»Was ich nicht verstehe: Was ist schlimm an einer Sonnenblume, die auf Matilda Savellis Grab liegt?«

Sie warf den Pflaumenstein für Rubio. Er rannte ihm hinterher, suchte eine Weile und kam ohne zurück.

»Hast du eine Idee? Warum tickte der alte Savelli wegen einer Sonnenblume aus?«

Karin hielt kurz inne, setzte dann ihre Arbeit fort. »Tat er das?«

»Ja«, sagte Emma, »letzten April, in der Fabrik. Stefanie war dabei. Hat sie dir nicht davon erzählt?«

»Nein.«

»Das muss in der Zeit gewesen sein, als ihr hier zusammen an dem Mosaik gearbeitet habt. Komisch«, sagte Emma. »Hat sie dir wirklich nichts erzählt?«

»Nein«, sagte Karin. »Daran würde ich mich erinnern.«

»Apropos erinnern: Was weißt du noch vom letzten Herbstfest?« Emma blickte zu Karin hinüber.

»Du meinst die Sagra Santa Teresa?«

»Ja«, sagte Emma, »du warst mit Stefanie Schwendener dort, letzten Oktober.«

»Stimmt.«

»Und?«

»Es war lustig.«

»Was habt ihr beide dort gemacht?«

Karin zuckte mit den Schultern. »Gegessen, getrunken. Alle redeten mit allen.«

»Zum Beispiel?«

Karin hielt beim Rüsten inne und sah zu Emma hoch, die vor ihr stehen geblieben war. »Die Familie Savelli saß in der Nähe. Das hatte ich erst später realisiert, nachdem wir ins Gespräch gekommen waren.«

»Und die Stimmung war gut«, warf Emma ein.

»Ja«, sagte Karin. »Bis … bis der alte Savelli rumzubrüllen begann.«

»Und? Worum ging es?«

»Ich verstand ihn schlecht.« Karin betrachtete die Bohnen vor sich. »Irgendetwas mit Totenruhe.«

»Wie wirkte er auf dich?«

»Wie meinst du das?«

»Herrgott«, Emma schlug mit der flachen Hand auf den Tisch. »Ganz einfach: Wie er auf dich wirkte?«

Karin hatte das Messer fallen gelassen. »Warum bist du plötzlich so?«

»Warum ich so bin?«, rief Emma. »Weil ich euch allen dauernd alles aus der Nase ziehen muss. Weil es hier darum geht, einen Mord an einer jungen Frau aufzuklären! Warum hast du mir nicht längst von den Ereignissen auf dieser Sagra irgendwas erzählt?«

In Karins Augen schimmerten Tränen. »Ich dachte, das sei nicht …«

»Ach ja, klar!« Emma begann, wieder hin und her zu gehen. »Stimmt. Ihr denkt immer alle, es ist nicht wichtig. Überlasst das Denken gefälligst der Polizei. Erinnert euch! Erinnert euch und spuckt es aus, sonst nichts!«

Rubio sprang neben Emma her und versuchte, ihr die Hand zu lecken. »Jaja, ich weiß«, murmelte sie. »Ist gleich vorbei.«

Sie blieb vor Karin stehen. »Also«, sie bemühte sich, ihren Unmut zu zügeln. »Wie wirkte der alte Savelli auf dich?«

»Es tut mir leid«, sagte Karin mit erstickter Stimme. »Ich dachte wirklich, dass es nicht …«

»Schon gut«, sagte Emma.

»Wegen deiner Frage.« Karin schluckte. »Wegen der Sonnenblume auf Matilda Savellis Grab.«

»Ja?«, sagte Emma.

»Vielleicht hat Stefanie die Sonnenblume auf das Grab von Antonio Savellis Frau gelegt?«

Emma ließ sich auf den Stuhl fallen. »Warum sollte sie das tun?«

17

Emma lag im Liegestuhl unter der großen Hopfenbuche und war eben eingenickt, als Alex anrief.

»Endlich«, sagte sie.

»So kriegst du nie einen Mann«, sagte Alex. »Männer
mögen keine Frauen, die ihnen dauernd etwas vorwer-
fen.«

Ihr Kollege trieb es manchmal etwas zu weit mit seinen
Sprüchen. Trotzdem hätte Emma ohne den alltäglichen
Schlagabtausch etwas gefehlt.

»Ich verzeihe dir den saublöden Spruch, wenn du Resultate lieferst.«

»Du bist ja richtig gut gelaunt. Ist der Commissario
doch nicht dein Typ?«

»Alex, nun komm schon. Was hast du herausgefunden?
Und warum dauert das so lange?«

»Keine einzige Fotografie in der Wohnung von Schwendeners.«

Emma setzte sich aufrecht hin. Ihr Herz schlug ein wenig schneller.

»Dann haben die Familien hier und dort tatsächlich etwas gemeinsam. Was ist in Oberwil der Grund dafür?«

»Du sollst dir kein Bildnis machen.«

»Sagen das nicht die Reformierten? Also ist bloß der
Glaube der Grund?« Emma ließ sich zurücksinken. Schon
wieder eine Sackgasse.

»Zum Teil. Die Frau des Hauses war früher einmal streng
gläubig. Katholisch.«

»Schön für sie.«

»So schön ist das nicht«, sagte Alex. »Gaby hat noch etwas tiefer gebohrt. Du kennst sie ja.«

Emma lächelte. »Und?«

»Lisa Schwendener fühlte sich verfolgt.«

»Verfolgt?« Emmas Herz hüpfte wieder. »Wann? Von wem? Warum sagt sie das erst jetzt?«

»Es war ein Gefühl, sagt sie. Das Gefühl ging wieder vorbei.«

»Alex«, Emma wurde laut. »Was mache ich mit einem Gefühl? Wir brauchen Fakten.« Sie stutzte, als sie sich reden hörte. Sie klang bereits wie Costa.

»Gaby kann mit den Gefühlen von Lisa Schwendener etwas anfangen«, sagte Alex süffisant.

Der Arsch.

»Gaby fragte immer weiter, bis Lisa Schwendener sagte, dass das Gefühl aufkam, nachdem sie vor ihrer Haustür von einer Frau angesprochen worden war. Die Frau hatte rotes Haar. Genau so wie ihre Tochter Stefanie.«

Emma pfiff durch die Zähne. »Und wer ist diese Frau?«

»Wir finden keine Spur. Nichts, *nada*. Aber Fakt ist: Lisa Schwendener hat Verfolgungswahn.«

»Aber warum? Mach vorwärts, Alex.«

»Geduld, Emma, Geduld. Lisa Schwendener hat guten Grund, sich verfolgt zu fühlen. Sie will ihn aber nicht wahrhaben. Sonst fällt ihr Leben in sich zusammen, laut Gaby.«

»Aha«, sagte Emma. »Klingt plausibel.«

»Nicht wahr? Schön, dass du meine Recherche schätzt. Sie kostete mich immerhin fast einen Tag Arbeit.«

»Himmel, Alex, spuck's endlich aus. Was ist faul im Leben von Lisa Schwendener?«

Er glluckste vor Vergnügen. »Sie gehörte von 1964 bis 1970 dem Orden der barmherzigen Schwestern vom heiligen Augustinus an. Als Schwester Elisabeth.«

»Ein Leben für Gott.«

»Ganz richtig, zumindest von 18 bis 24«, sagte Alex. »Sie trat aus dem Orden aus, weil sie einen Mann kennenlernte.«

»Okay, kann passieren. Und weiter?«

»Von 1964 bis 1970 war Schwester Elisabeth im Kinderheim Ballenmoos tätig.«

»Und?«

Wie er es genoss, sie hinzuhalten. Er würde es zehnfach ausbaden müssen.

»Sagt dir das nichts?«

»Nein«, zischte Emma. »Nun mach schon.«

»Ich habe alle Medienberichte dazu abgelegt. Lies einfach nach.«

Er würde es zwanzigfach ausbaden müssen.

Die Schlagzeilen überboten sich. Emma überflog sie hastig. Sie hatte Karin gesagt, dass sie dringend etwas erledigen müsse und keine Zeit habe, mit ihr zu essen. Aber Karin hatte darauf bestanden, dass Emma trotz ihrer Arbeit etwas essen sollte. Nun saß Emma vor ihrem Bus, den Computer auf den Knien, einen Teller mit Bohneneintopf in der rechten Hand balancierend, Rubio zu ihren Füßen.

»Skandal im Kinderheim«, titelte eine Zeitung.

»Wurden die Ärmsten der Armen missbraucht?«, fragte die Schlagzeile in einer anderen.

»Hartherzig statt barmherzig«, befand die dritte.

»Wie die Behörden versagten«, »Entsetzen in Ballenmoos«, »In Gottes Namen«.

Emma vertiefte sich in die einzelnen Artikel. Es ging um das Kinderheim Ballenmoos im Kanton Luzern, in dem die Zöglinge zwischen 1928 und 1970 schwer missbraucht wurden. Die Kinder wurden körperlich gezüchtigt, mussten harte Arbeit leisten und sexuelle Übergriffe über sich ergehen lassen. Ihre Peinigerinnen gehörten zum Orden der barmherzigen Schwestern vom heiligen Augustinus. Die Übergriffe wurden von einem unabhängigen Expertenbericht bestätigt. Auslöser für den Bericht war ein Dokumentarfilm über Erziehungsanstalten, der 2010 ausgestrahlt worden war. Die eingesetzte Kommission stieß auf zum Teil unhaltbare Zustände. Sie kam zu dem Schluss, dass die Schwestern, aber auch Behörden, Aufsichtsorgane und Heimleitungen eine Schuld traf. Dass es im

Heim zu Übergriffen kam, lag nach Ansicht der Kommission auch an den schwierigen Umständen, unter denen die Schwestern bis zur Erschöpfung arbeiten mussten. Sie waren ungenügend ausgebildet, die Betreuungsquoten unzumutbar. Die Infrastruktur war mangelhaft, die zuständige Amtsstelle desinteressiert. Neben dem Leid der Kinder habe es auch viel Leid bei den überforderten Schwestern gegeben, wurde die Kommission zitiert. Einer der Experten sagte, dass die Schwestern von ihrer Einstellung her zur Ausbeutung prädestiniert gewesen seien. Je mehr sie ausgebeutet wurden, umso mehr hätten sich viele in ihrem Dienst am Kreuz bestätigt gefühlt. Dazu kam eine Politik des Wegschauens. Statt einer Fehler- und Qualitätskultur gab es Selbstgerechtigkeit. Der gute Ruf der Gemeinschaft und der Kirche sei oft wichtiger gewesen als das Wohlergehen der Kinder, sagte der Kommissionspräsident. Die Kommission untersuchte auch angebliche Tötungen und Suizide im Kinderheim Ballenmoos. Das Kloster reagierte mit »Traurigkeit und Bedauern« darauf, dass »Mitschwestern in Einzelfällen in der Erziehungsarbeit unangemessen gehandelt« hatten.

»Unangemessen gehandelt«, murmelte Emma, »Arschlöcher.«

Ihr war ein wenig übel. Ein Artikel beschrieb die Skelette, die im Garten des Kinderheims gefunden wurden. Keine Knochen von Kindern. Nur Knöchelchen von Mäusen, zu Dutzenden tief in der Erde vergraben.

19

Es kam Emma vor, als wären die Geräusche im Wald in dieser Nacht besonders laut. Sie lag im Dachzelt ihres Campingbusses und versuchte, die Bilder zu verscheuchen. Sie war aus unruhigem Schlaf aufgeschreckt.

Wenn sie die Augen schloss, ging sie wieder auf der Straße. Es war hell und heiß. Sie hatte Durst, aber da war nichts außer dieser Straße, die eng und enger wurde. Die Wände links und rechts kamen immer näher. Sie ging nun zwischen Mauern, der Weg wand sich. Hier war eine Abzweigung. Sie entschied sich für links. Das war ein Fehler, der Weg endete vor einer Mauer. Sie rannte zurück, ging nach rechts, dann wieder links. Es war schattig und kühl, die Sonne war verschwunden. Bald würde Wasser kommen, nur einmal um die Ecke. Sie ging um die Ecke, um eine zweite und dritte, so viele Ecken, Mauern ohne Ende und kein Wasser. Sie rannte jetzt, sie wollte raus hier, schnell. Da vorn war jemand. Sie hatte ein Gesicht gesehen, eine liebe alte Frau. Jetzt erkannte sie die gebückte Gestalt. Es war ihre Großmutter. ›Nonna. Hilf mir!‹, wollte sie rufen, ›warte auf mich.‹ Aber sie konnte nicht. Ihr Mund war wie zugeklebt. Sie hastete der Frau hinterher, um noch eine Ecke. Die Gestalt war stehen geblieben und drehte sich langsam um. ›Nonna!‹ Aber das war nicht ihre Großmutter. Da war dieses Gesicht mit dem offenen, zahnlosen Mund, und die Silben, die er nun formte, waren Emma vertraut: ›*La figlia è pericolosa.*‹ Die Tochter ist gefährlich.

Rubio wusste nichts von den Nöten seines Frauchens. Er schlief unten im Bus und träumte von der Löcherdecke im Arisdorfer Bauernhaus. Er sehnte sich nach seinem Zuhause, den Bücherbergen und schmutzigen Kaffeetassen im Wohnzimmer. Eine Südtessiner Waldlichtung genügte niemals der Hofstatt oder der saftigen Wiese weiter oben. Was sollte er mit diesen harten Gräsern, dem dürren Laub anfangen? Höchstens ein Ausflug nach Meride konnte ihn ein wenig versöhnen. Dort roch es nach edlen Hündinnen, ganz wie in Basel, die waren überall. Nachts erschreckten ihn lärmende Ungeheuer aus dem Wald, was immer sich hier herumtrieb. Nein, das Südtessin war nichts für einen wie Rubio. Rubio brauchte gemäßigte Temperaturen und Emma an seiner Seite, nicht diese andere Frau hier, die nicht gut roch.

Es war Freitag, Tag vier nach der Mordnacht. Sie saßen auf der Piazza Mastri und bestellten Kaffee. Diesmal hatte Emma die Runde einberufen. Rubio lag zu ihren Füßen unter dem Tisch. Sie wollte ihn nicht schon wieder Karin überlassen, und Rubio hatte mit viel Freude und Gebell seinen Platz im Bus eingenommen. Bestimmt hatte er gedacht, dass es heimwärts ging. *Il povero.* Emma strich ihm über den Kopf und sah dem Commissario zu, der noch eine E-Mail beantworten wollte. Er trug heute ein Poloshirt statt Hemd und sah auch damit sehr gut aus.

»Leg los, Emma«, sagte er jetzt und legte sein Telefon auf den Tisch. »Was hast du Neues?«

»Es muss etwas Außergewöhnliches sein, sonst würden wir nicht so früh hier sitzen«, maulte Costa. »Hat Liestal sich gemeldet?«

Emma beschloss, sich nicht provozieren zu lassen.

»Es gibt endlich ein Motiv«, sagte sie mit einem Seitenblick zu Costa. »Ein richtiges. So ein richtig schönes.«

Costa zeigte sein Pokerface.

»Stellt euch ein kleines Kind vor. Es hat keine Eltern mehr.« Emma hob die Hand, um Costas Einwurf abzuwehren. »Der Grund dafür spielt keine Rolle. Das Kind ist allein und hat niemanden, auch nicht aus der erweiterten Familie. Es lebt in einem Kinderheim. Dort gibt es Betreuerinnen, die ihm Essen geben, ein Bett und Kleider, ein paar Stunden in der Woche geht es in die Schule. Es gibt andere Betreuerinnen. Die quälen das Kind. Sie geben ihm kein Essen, lassen es nicht schlafen. Es friert und muss arbeiten. Es flechtet Körbe oder näht Leintücher. Vielleicht wird es geschlagen. Welche Möglichkeiten gibt es, ein Kind zu quälen, körperlich und seelisch? Ich weiß es nicht.« Emma erhob sich, Rubio sprang ebenfalls auf. »Mir fehlt die Phantasie dafür.«

Es gab wenig Platz zwischen den Tischen, um hin und her zu gehen. Emma tauchte die Hände in den Brunnen gleich hinter ihr, kühlte Stirn und Schläfen.

»Das Kind wird erwachsen. Dem Kinderheim ist es längst entkommen. Schwer traumatisiert, ohne dass es davon weiß, geschweige denn, Diagnosen dieser Art kennt. Wie es sich leben lässt mit dieser Vergangenheit, weiß ich nicht.«

Sie schluckte die Enge in der Kehle weg, die plötzlich da war. Bianchi und Costa starrten zu ihr hoch.

»Ich weiß nur, dass das Kind als erwachsener Mensch erinnert wird an all das, was es versuchte zu verdrängen. Weil es zuerst einen Film und dann eine Untersuchung gibt über die Zeiten damals, als die Betreuerinnen das Kind quälten.« Sie setzte sich wieder. »Ich kann mir vorstellen, dass die Erinnerungen etwas auslösen. Wut, Trauer, Verzweiflung. Rachegefühle?«

Die beiden Männer saßen reglos da.

»Die Mutter von Stefanie Schwendener war eine der Betreuerinnen. Schwester Elisabeth von Kneubühl. Kinderheim Ballenmoos, Kanton Luzern.«

Costa sog hörbar Luft ein.

»Angenommen, Lisa Schwendener gehörte zu denen, die die Kinder quälten. Dann gibt es theoretisch mehrere Menschen, die ein Motiv haben, sich an ihr zu rächen.«

Bianchi deutete ein Nicken an.

»So weit sind wir uns einig«, sagte Emma. »Wie rächt man sich am besten an einer Frau, die Mutter ist?«

Costa klappte den Mund auf und wieder zu. Bianchi fasste sich an die Stirn.

»Genau«, sagte Emma. »Man tut ihrem Kind etwas an.«

Es war sehr still am Tisch.

»Im Heim wurden ausschließlich Mädchen betreut«, sagte Emma.

»Dann suchen wir nach einer Mörderin«, sagte Bianchi.

Emma nickte.

»Alter?«

»Lisa Schwendener war von 1964 bis 1970 in Ballenmoos tätig. Wenn ich davon ausgehe, dass ein Kind ab vier Jahren ganz sicher Erinnerungen hat, ist die Täterin heute mindestens zweiundfünfzig Jahre alt.«

Wie konnte eine fremde Frau nach Meride kommen, in die Fabrik der Familie Savelli spazieren und einen Mord begehen? Sie kamen kaum vorwärts. Costa hatte Skepsis verbreitet und verschwand bald wegen eines Anrufs. Es schien, als hätten seine Kollegen die Ex-Frau von Luigi Savelli ausfindig machen können. Bianchi wollte den Bericht des Fachmanns durchgehen, der die Geschäftsunterlagen und Computer der Savellis durchleuchtet hatte. Dieser hatte sie allerdings schon im Vorfeld gewarnt, sich keine zu großen Hoffnungen zu machen. Hinweise waren da nicht zu erwarten.

Emma blieb mit Rubio am Tisch vor der Bottega Bar l'Incontro zurück. Die Glocken der Chiesa San Rocco erklangen. Emma sah auf ihr Handy. 8:30 Uhr. Täglich um diese Uhrzeit dieser Klang, das hatte ihr Carlo erzählt. Abends um 20:15 Uhr erneut, um die Männer nach Hause zu holen, die beim Feierabendbier die Zeit vergaßen. Sonntags zur Messe läutete es natürlich auch, allerdings erst um 9 Uhr, und wenn jemand gestorben war, ertönte eine andere Glocke. Emma bestellte noch einen Espresso und sah der Spitex-Frau zu, die ihren Dienstwagen neben dem Brunnen parkte. Der Postbote machte seine Runde. Touristen kamen erst später am Tag, um die Seitengassen malerisch zu finden und das Fossilienmuseum zu besuchen. Morgens gehörte das Dorf seinen Bewohnerinnen und Bewohnern. Sie gingen über die Piazza und grüßten einander, standen kurz oder länger zusammen, begleiteten mit den Händen das, was sie sagten. Wie vertraut Emma diese Sprache inzwischen wieder war. Weich und lebendig, von vielen Zungen gleichzeitig gesprochen, denn reden war einfach wichtiger als zuhören. Emma lächelte vor sich hin. Sie fühlte sich plötzlich verbunden mit diesem Ort. Seltsam. Auch mit den fremden Menschen. So, als wäre sie hier zu Hause. Sie wunderte sich über sich selbst. Als ob Heimat je eine Kategorie für sie gewesen wäre. Es war ein hohler Begriff, den sie nicht füllen mochte. Das taten andere genug, mit Absichten, die ihr meist missfielen. Und doch klang etwas in ihr an, in diesem Dorf, das ein wenig Italien war und doch Schweiz. Was hatte Kollege Alex gesagt, als er über die »deutschen Invasoren« im Tessin gelästert hatte? »Sie holen sich dort den Fünfer und das Weggli: italienische Lebensart, gepaart mit schweizerischer Gründlichkeit.«

Emma grinste. Sie fühlte sich ganz eins mit den Pensionären. Vielleicht wurde sie langsam ein bisschen komisch, ohne Ferientage, zwischen Mosaiksteinchen und einem Phantom von einem Mörder, das nun allenfalls weiblich war. Angenommen, diese allfällige Rächerin hatte sich als Touristin ausgegeben. Ein Zweitagesausflug für einen Mord. Aber warum hätte sie Stefanie Schwendener am schwierigstmöglichen Ort ermorden sollen? In diesem Bollwerk der Familie Savelli, zu dem nur die Mitglieder selbst Zugang hatten. Und die Putzfrau. Hatte Lucia Cattaneo der Rächerin geholfen? Den Schlüssel weitergegeben für ein paar Stunden? Gegen eine hübsche Summe Geld? Das konnte Lucia Cattaneo gut gebrauchen, so viel war sicher.

»Rubio!«

Emma schreckte aus ihren Gedanken hoch. Rubio war aufgeschossen und hatte die Tasse vom Tisch gefegt. Sie zersprang klirrend am Boden. Dante Savelli kniete vor Rubio und legte die Hände um seinen Nacken.

»*Che bel cane*, Rubio, *che bravo!*«

Rubio führte einen Freudentanz auf, während Emma versuchte, ihn davor zu bewahren, sich Scherben in die Pfoten zu treten. Dante wühlte in Rubios Fell, kraulte und streichelte.

»*Bacione*, Rubio, gib mir einen Kuss, *tesoruccio*.«

Emma konnte Rubio endlich von der Leine befreien, die sich zwischen seinen Beinen verwickelt hatte.

»Komm, Rubio, wir gehen.«

»Welch ein schönes Tier, Frau Commissaria. So ein schönes, liebes Tier.«

Sie versuchte noch immer, den Gedanken von vorhin zu fassen. Diese gute Idee, die ihr durch den Kopf geschossen war, genau in dem Moment, als Dante aufgetaucht war. Sie hatte sich aufgerichtet und sah auf seine Halbglatze hinunter. Rubio bedeckte ihn mit schlabbrigen Zungenküssen.

»Ich verstehe gar nicht, weshalb er Sie so mag«, sagte Emma.

Dante sah mit einem Lächeln zu ihr hoch: »Er spürt, wie sehr ich Hunden zugetan bin.«

Er schien ihren bissigen Kommentar nicht bemerkt zu haben, oder er ging nicht darauf ein. Ihre Schroffheit tat ihr ein wenig leid. Aber sie wollte ihre Ruhe und zerrte Rubio weg.

»Bitte, Frau Commissaria, lassen Sie mich ein paar Schritte mit Rubio und Ihnen gehen.«

Er hatte so laut gesprochen, dass die Leute am Nebentisch herübersahen. Sie überlegte. Dante war aufgestanden, sein verrutschtes Auge flehte sie an. Der nachsichtig-spöttische Ausdruck war verschwunden.

»Einverstanden. Zeigen Sie uns den schönsten Spaziergang rund um Meride.«

Dante strahlte. »Waren Sie schon im Val Mara? Auf der Besucher-Plattform?«

Sie gingen durch die Via Bernardo Peyer an der Bushaltestelle vorbei aus dem Dorf hinaus, während Dante vom Schaffhauser Bernhard Peyer erzählte, der als Paläontologe ab 1924 hier am Monte San Giorgio Ausgrabungen geleitet hatte und mit seinen Funden international bekannt geworden war.

»Er ging mit dem Regenschirm voraus, der Studierte von der Universität Zürich. Die Tessiner Männer schleppten den abgetragenen Berg hinterher. Während sie in den Stollen Schichten abtrugen, saß er draußen vor dem Eingang unter einem Zeltdach, rauchte Pfeife und wartete darauf, dass ihm der nächste Ticinosuchus ferox serviert wurde.«

Von der A Visacc bogen sie in die Via Serpiano ein. Links Wald und ein steil abfallender Hang, von unten hörte man Wasser rauschen.

»Der Gaggiolo«, sagte Dante.

Er blieb stehen und wandte sich Emma zu.

»Ich habe noch eine Bitte an Sie, Frau Commissaria.« Seine Augenprothese schien sie zu fixieren. »Sie würden mir eine große Freude bereiten.«

Dieser Spaziergang war ein Fehler. Das kam davon, wenn sie jedem in die *campagna* hinaus folgte, nur weil sie sich davon neue Erkenntnisse versprach.

»Darf ich Rubio halten? Vertrauen Sie ihn mir an?«

Sie gingen nebeneinander auf der schmalen Straße, sie war kaum befahren. Dante führte Rubio an der Leine, ließ sich von ihm hin und her ziehen.

»Signor Savelli«, sagte Emma. »Wer ist der engste Freund Ihrer Familie?«

Dante blickte kurz zu ihr, dann wieder auf Rubios Rücken. »Wir haben keine Freunde, Frau Commissaria.«

»Auch nicht auf Geschäftsebene?«, fragte Emma.

Dante lächelte. »Ach so. Selbstverständlich. Auf Geschäftsebene sind es die Terreni alla Maggia SA, im Maggia-delta unten.«

»Ihr Lieferant für Hartweizen?«

Dante nickte. »Seit 2002. Zuvor ließ *papà* aus Italien liefern. Aber das ging nicht mehr, wenn er sein Produkt als echt schweizerisch vermarkten wollte.«

Emma zog ihr Handy hervor, tippte, las im Gehen. »Terreni alla Maggia SA. Gehört zu hundert Prozent den beiden Familien Bührle und Anda, den Erben des von Emil Georg Bührle gegründeten Oerlikon-Bührle-Konzerns.«

»Waffenproduzenten im Zweiten Weltkrieg«, sagte Dante.

»Hmm«, sagte Emma, noch immer lesend. »Sie kauften das Land 1942. Also während des Krieges.«

»So ist es.« Dante wechselte wieder die Straßenseite, Rubio hinterher. »Sie mussten. Ein Gesetz verpflichtete damals Industrielle dazu, Land zu kaufen und zu bepflanzen.«

»Um die Selbstversorgung in Kriegszeiten zu erhöhen. Klug«, sagte Emma. »Und jetzt bauen sie auch noch Reis an, Ihre besten Freunde.« Sie war stehen geblieben, scrollte im Handy. »*Riso Nostrano Ticinese.* Sie sind sehr erfolgreich damit, steht hier geschrieben. Ganz ohne Subventionen.«

Dante machte eine abschätzige Bewegung mit seiner freien Hand.

»In jeder Tessiner Familie wird ein oder zwei Mal pro Woche Risotto gekocht«, las Emma laut. »Terreni alla Maggia bedienen damit eine alte Tradition.«

»Ich hasse Risotto«, brummte Dante.

»Sie bewirtschaften damit die nördlichsten Reisfelder der Welt, heißt es hier.«

»Falsch.« Dante schnaubte. »In Ungarn gibt es Reisfelder, die sind noch nördlicher.«

Emma lachte und steckte ihr Handy ein. »Sie mögen sie

nicht, nicht wahr? Die sind gar nicht Ihre Freunde, Sie haben gelogen.«

Dante brummte etwas, das wie ›eingebildete Schnösel‹ klang. Sie gingen weiter, Rubio hatte begonnen, an der Leine zu zerren.

»Jetzt im Ernst, Signor Savelli. Wenn Ihr Weizenlieferant nun ein Feind ist?«

Dante sah sie überrascht an. »Ein Feind? Sie denken doch nicht etwa, dass die Terreni alla Maggia etwas mit dem Mord zu tun haben?«

»Sagen Sie es mir.«

Dante schüttelte den Kopf. »Da liegen Sie falsch, Frau Commissaria. Die sind einzig an Business interessiert. Mit uns verdienen sie Geld. Wenn unsere Fabrik nun wegen dieses Mordes eingeht, haben sie einen Abnehmer weniger.«

»Oder die Gelegenheit, das Unternehmen Savelli zu einem Spottpreis zu erwerben.«

Wieder schaute Dante überrascht. »So denken Sie über die Menschen?«

Emma nickte. »Ich traue den Menschen alles zu.«

Rubio bellte und setzte dazu an, ein Tier abseits der Straße zu verfolgen. Emma musste eingreifen, damit Dante nicht mit fortgerissen wurde. Sie bot an, den Hund wieder zu übernehmen, aber Dante wollte die Leine nicht hergeben. Sie gingen nun etwas schneller. Die Sonne schien bereits kräftig. Emma musste an ihren Traum von letzter Nacht denken, in dem sie ebenfalls schwitzend eine Straße entlanggegangen war. Es fehlte bloß noch, dass diese Straße hier zum Irrgarten und sie verschlungen wurde von jener Alten, deren Mund eine dunkle Höhle war. Aber da war bloß Dante mit einem leuchtenden Auge, von ihrem Hund gezogen. Sie betrachtete ihn von der Seite. Er wirkte gelöst, glücklich beinahe, bewegte sich plötzlich wendig wie ein kleiner Junge, ein wenig zappelig. Seine leicht gebückte Haltung war verschwunden. Er redete jetzt über seine Liebe zu Hunden, schnell und lebhaft, ohne jede Ironie und Herablassung. Er hatte als Kind Hundebücher studiert, kannte alle Rassen: Pinscher, Pekinesen, Havaneser, Bologneser, Malteser, Chihuahuas, sogar den tibetischen Shih Tzu. Aber der schwarze Labrador war sein Liebling. Er hatte sich immer einen gewünscht, so einen wie Rubio. Jedes Jahr zu Weihnachten bestürmte Dante seinen Vater, ihm einen Labrador zu schenken. Er fieberte dem Moment der Bescherung entgegen. Aber er fand nie ein warmes Fellknäuel unter dem Tannenbaum, bloß harte, kalte Pakete. Wie deutlich er diese Szene plötzlich wieder vor Augen hatte. Der schöne Hund hier hatte ihm diese Erinnerung zurückgebracht.

Dante bückte sich zu seinem Begleiter hinunter und tätschelte ihn. Rubio sah kurz schwanzwedelnd zu ihm auf und setzte dann seine Erkundung fort. Emma bemühte sich, Dante weiter zuzuhören, während sie in ihren Gedanken wühlte. Er sprach nun von einem Schriftsteller. Emma hatte den Namen nicht verstanden. In der Geschichte ging es um eine Petite Madeleine. Wie ein mit Gebäckkrümeln gemischter Schluck Tee den Gaumen des Protagonisten berührte und damit ein wundersames Glücksgefühl auslöste. Wie der Protagonist einen zweiten und dritten Schluck trank und versuchte, dem Geheimnis, das er mit dem Geschmack verband, auf die Spur zu kommen. Und dann war plötzlich die Erinnerung da.

»Sie wollen damit sagen«, unterbrach Emma ihn, »dass Rubio für Sie wie eine Petite Madeleine ist? Der Mann im Buch erinnert sich wegen eines Stücks Gebäck, Sie wegen meines Hunds?«

Dante sah überrascht zu ihr herüber. Er überlegte kurz, nickte. »So kann man das formulieren. Korrekt, ja.«

Emma blieb stehen. Dante stieß mit Rubio zusammen, der wegen Emma stoppte. Dante entschuldigte sich wortreich, tätschelte Rubios Flanke. Rubio wandte sich um, leckte Dantes Hand. Dante kicherte.

»Du kitzelst, *tesoruccio*.«

Er richtete sich wieder auf.

»Seltsam«, er betrachtete seine Hand, »eben schien mir, ich hätte doch einen Hund besessen als Kind. Genau so einen schwarzen Labrador.«

Emma nahm Dante sanft die Leine aus der Hand.

»Herr Savelli, sind Sie bereit für ein Experiment?«

Dante nickte. Er schien in Gedanken und wirkte, als ob er sie nicht wirklich hörte. Sie fasste ihn am Ellbogen, dirigierte ihn ein wenig weg von der Straße zu einem Stein.

»Kommen Sie, setzen Sie sich da hin. Es wird gar nicht wehtun. Im Gegenteil.«

Dante setzte sich.

»Streicheln Sie Rubio. So wie vorhin auf der Piazza. Ja, am Bauch liebt er es besonders. Und hier, kraulen Sie ihn hier. Brav, Rubio. Bist ein guter Hund.«

Und Dante Savelli saß auf dem Stein, streichelte, kraulte und tätschelte Emmas Hund, wühlte seine zehn Finger ins weiche, warme Fell. Rubio dankte es ihm begeistert, befeuert vom Lob seines Frauchens. Er hatte seine Vorderläufe auf Dantes Schoß platziert, presste den Kopf gegen Dantes Brust, stupste ihn mit der Nase, wieder und wieder. Er leckte Dantes Gesicht, ganz sanft, das Kinn, die Wangen, das gesunde, das künstliche Auge. Dante ließ es geschehen, mit einem seligen Ausdruck, die Lider geschlossen.

»Was sehen Sie?«, fragte Emma.

»Es war der Hund der Kinderfrau«, sagte er. »Calimero. So hieß er. Calimero.«

»Und die Kinderfrau?«

»Sein Fell war so wie das hier. Weich und warm. Er begleitete mich immer bis zur Bushaltestelle. Und wenn ich nach Hause kam, wartete er dort auf mich.«

»Wie war die Kinderfrau?«

»Sie musste ihn weggeben, weil …«

Emma war sich nicht sicher, ob Dante weinte. Falls da Tränen waren, hatte Rubio sie weggeleckt.

»*Papà* ist ausgerastet.«

»Warum?«

»Als er es sah.«

»Was?«

»Etwas, das Calimero brachte. Er trug es in seiner Schnauze und legte es vor *papà* hin.«

»Was war das?«

Eine Träne lief über Dantes Wange.

»Dann war Calimero plötzlich nicht mehr da. Zia Anna war auch verschwunden.«

»Die Kinderfrau?«

»Er hatte ihr befohlen, Calimero wegzugeben. Aber das tat sie nicht. Sie ging nirgendwo hin ohne ihren Hund. Also schickte *papà* sie beide fort.«

»Calimero musste also weg«, sagte Emma, »um jeden Preis. Weil er etwas gefunden hatte, das Ihrem Vater nicht gefiel.«

Dante nickte.

»Schauen Sie genau hin, Signor Savelli. Was war es?«

»Etwas Braunes. Gruselig.«

Der selige Ausdruck war von Dantes Gesicht verschwunden. Er hielt die Augen noch immer geschlossen.

»*Papà* hob es vom Boden hoch. Es war …«

Dantes Brauen zogen sich zusammen. Emma hielt den Atem an. »Ein Kleid. Ein sehr schmutziges Kleid.«

»Wie groß?«

Dante deutete mit den Händen flüchtig einen Umriss an.

»Ein Mädchenkleid also«, sagte Emma. »Von einer Vierjährigen, schätzungsweise.«

»Ich sehe eine Schleife«, sagte Dante.

»Ein Kleid von Alessia? Ihrer Schwester?«

»Nein.«

Emma brachte Rubio dazu, sich etwas zu beruhigen und seinen Kopf in Dantes Schoß zu legen.

»Was macht Sie so sicher?«

»Alessia gab es da noch nicht.«

»Also ein anderes Mädchen, an das Ihr Vater nicht erinnert werden wollte.«

Dante hörte auf, Rubio zu kraulen, und öffnete sein gesundes Auge. »Welches andere Mädchen?«

»Sagen Sie es mir. Sehen Sie nichts mehr vor sich?«

Dante schüttelte den Kopf. Er sah erschöpft aus. Rubio stupste ihn an und legte sich dann auf den Boden, den Kopf auf Dantes Füße gebettet.

»Guter Hund.«

Emma bückte sich und tätschelte Rubio die Flanken, während sie zu Dante hinüberschielte. Er starrte vor sich hin.

»Lassen Sie uns zurückgehen, Signor Savelli. Möchten Sie wieder Rubio übernehmen?«

Sie hielt ihm die Leine hin. Rubio bellte und stupste Dante mit der Schnauze gegen das Knie.

»Aber«, sagte er und erhob sich. »Die Gaggiolo-Schlucht. Jetzt haben Sie sie gar nicht gesehen.«

»Beim nächsten Mal.«

Sie gingen die Via Serpiano zurück.

»Signor Savelli«, sagte Emma, als sie Meride erreichten, »das Kleid, das Calimero Ihrem Vater vor die Füße gelegt hat, war schmutzig, voller Erde, haben Sie gesagt. Haben Sie eine Idee, wo Calimero es ausgegraben haben könnte? Auf den Grundstücken Ihrer Familie habe ich nirgendwo Erde gesehen. Jeder Quadratzentimeter ist bebaut oder betoniert und steht im Dienst der Produktion.«

Dante blieb stehen. »Darüber habe ich noch nie nachgedacht.« Er starrte auf Rubio hinunter. »Aber jetzt, wo Sie das erwähnen. Es war nicht immer so, dass alles von Beton bedeckt war. Als Kind habe ich für meine Autos Bahnen in festgestampfte Erde gekratzt.« Er lächelte traurig. »Das war im Keller. Genau der richtige Spielplatz für einen wie mich.«

22

Zu gern hätte Emma Commissario Bianchi und Costa sofort von ihrem Gespräch mit Dante Savelli berichtet. Aber ihre Kollegen kamen ihr mit Neuigkeiten zuvor. Es war, wie Commissario Bianchi gesagt hatte. Niemand konnte einfach so verschwinden, auch eine Italienerin nicht. Seine Beamten hatten die Ex-Frau von Luigi Savelli ausfindig gemacht und besucht. Rebecca Marino. Sie hatte wieder geheiratet und lebte in einem Vorort von Monza. Mit ihrer Vergangenheit in Meride hatte sie längst abgeschlossen. Definitiv, wie sie versicherte. Aber sie trug gern dazu bei, dieses grausame Verbrechen aufzuklären, welches sie nicht im Geringsten erstaunte, nach dem, was ihr Ex ihr angetan hatte. Wenn dieser gewalttätige Mensch endlich eingesperrt wurde, konnte es ihr nur recht sein, ließ sie verlauten. Rebecca Marino tauchte ab in die Tiefen ihrer Erinnerung und erzählte. Wie sie, selbst ein Einzelkind, sich immer eine Großfamilie gewünscht hatte. Zusammen wohnen, essen, feiern. Zusammen arbeiten. Zusammen in die Kirche gehen. Zusammen dem Neid der Bewohnerinnen und Bewohner von Meride begegnen. Zusammenhalten. Wie sehr das Rebecca gefallen hätte. Aber doch nicht so. Doch nicht so, dass jeder Tag gleich war. Dass sie täglich Frühstück machen musste für alle und danach Spaghetti und Penne abpacken. Mittag- und Abendessen kochen für alle, ihre Schwägerin betreuen, Alessia, die damals neun Jahre alt war, eine verwöhnte Göre. Geborgenheit war ein Gefängnis in dieser Familie. Luigi hatte sie mit Zuneigung geködert. Für ihn war sie bloß eine billige Arbeitskraft und Köchin. Später, als sie sich gegen ihre Ausbeutung wehrte, versuchte er, sie zu erpressen, um sie zu halten. Ein neues Kleid, ein Armband, armselige Geschenke. Oder er versprach ihr eine Reise. Aber Mitglieder dieser Familie verreisten nie länger als einen Tag, abends waren sie immer wieder zu Hause. Ein Leben für die Fabrik. Aber nicht mit Rebecca. Sie ging nach Como, sie ging spazieren, und wenn sie zurückkam, wartete Luigi schon an der Tür und drohte ihr. Er schrie, er schlug sie. Niemand kam ihr zu Hilfe.

Diese Familie war krank, ein kranker Vater mit kranken Kindern. Ihnen fehlte eine Frau, die Mutter, diese Matilda, die sich lange vor Rebeccas Zeit in der Familie das Leben genommen hatte. Darüber wurde im Dorf geflüstert. Niemand wusste wirklich etwas, und wenn Rebecca Luigi nach seiner Mutter fragte, setzte er dieses Gesicht auf, das sie nur zu gut kannte: Noch ein Wort, und er würde nach dem nächsten Gegenstand greifen und ihn werfen, an die Wand oder ihr ins Gesicht. Nur ein einziges Mal in fünf Jahren hatte er das Thema aufgebracht, nach einer Familienfeier. Antonio Savelli hatte Geburtstag. Luigi war betrunken. Den ganzen Nachmittag hatte er Wein in sich hineingeschüttet, Glas um Glas. Zurück zu Hause, im Korridor, zog er sein Jackett aus, legte es vor sich auf den Boden, schritt darüber. Dann zog er sein Hemd aus, legte es zu Boden, schritt darüber. Er sang dazu, halb redend.

»Dov'è mia figlia? Dov'è mia figlia?«

Es war unheimlich. Rebecca wollte ihn davon abhalten. Aber er hatte sich das Unterhemd vom Leib gerissen und zu Boden geworfen, er war darübergeschritten und hatte weiterhin im Singsang gejammert.

»Dov'è mia figlia?«

Genau so war Matilda Savelli durch Meride gegangen,

als Luigi neun Jahre alt war, Dante dreizehn und Alessia neu geboren. Matilda hatte alle Kleider angelegt, die sie besaß. Dann schritt sie durch die Gassen, während sie nach ihrer Tochter suchte und Stück um Stück ablegte, das rot Gepunktete, Weiß-Blaue, Hellgelbe.

»Dov'è mia figlia?«

»Deine Tochter Alessia ist bei dir im Haus«, sagten die Einwohnerinnen und Einwohner von Meride. »Geh zu ihr, sie weint.«

Aber Matilda glaubte ihnen nicht. Ihr Wehklagen hallte durch die Gassen und den Berg hoch zur Kapelle vom Monte San Giorgio, während sie in Unterwäsche umherirrte, bis Antonio sie holte und nach Hause brachte. Dieses Bild der Schwiegermutter blieb Rebecca. So hatte sie es sich in jener Nacht zusammengesetzt, die wirren Sätze ihres Mannes deutend, der sich am nächsten Morgen an nichts erinnern konnte.

»So viel zu dem, was aus der Befragung von Luigis Ex-Frau hervorgeht«, sagte Commissario Bianchi.

Sie saßen wieder in der Fabrik, um der Hitze und den Menschen zu entkommen, die an diesem Freitagmittag die Piazza besetzten. Costa hatte den Monolog von Luigis Ex-Frau rapportiert.

»Wenn wir die Abläufe in der Familie chronologisch fassen«, sagte Bianchi, »heißt das: Rebecca und Luigi haben 1987 geheiratet, mit zwanzig. Matilda Savelli war da schon neun Jahre tot. 1977 kam sie in die psychiatrische Klinik. Ihre Söhne Dante und Luigi waren dreizehn und neun, als sie mitbekamen, wie ihre Mutter wie eine Verrückte durch das Dorf irrte. Alessia war gerade erst zur Welt gekommen. 1978 brachte sich Matilda Savelli um.«

Emma trommelte mit den Fingern auf die Kiste vor sich.

»Wir sind ganz nah dran an diesem Geheimnis. Lasst uns einen Moment da bleiben. Warum wurde Matilda verrückt?«

»Wir sind im Jahr 1977«, sagte Costa. »Baby Alessia ist ein paar Wochen alt. Die Mutter sucht es im Dorf. Es liegt aber zu Hause. Sie glaubt es nicht, sucht weiter.«

»Vielleicht hatte sie eine postnatale Depression«, warf Bianchi ein.

»Nehmen wir sie mal beim Wort«, sagte Costa. »›Dov'è mia figlia‹, hat sie gesagt, wenn wir dem Geschwätz glauben wollen.«

»Wo ist meine Tochter«, murmelte Emma. »Matilda suchte gar nicht das Baby!« Sie schlug mit der Faust auf die Kiste. »Sie sucht die *Tochter*. Klug überlegt, Costa.« Sie lächelte ihm zu.

»Ihr denkt«, Bianchi schaute zwischen ihnen hin und her, »dass Matilda noch eine Tochter hatte?«

»Und wie.« Emma sprang von ihrer Kiste hoch. »Lasst den Beton im Kellergeschoss der Fabrik aufbrechen. Vielleicht haben wir Glück.«

Die beiden Männer starrten sie an.

»Nein, ich bin nicht verrückt. Und nein, keine weitere Leiche. Allenfalls finden wir ein Kleid von Matildas erster Tochter.«

Noch am selben Nachmittag machte sich ein Team von Fachleuten daran, den Beton im Kellergeschoss der Fabrik aufzufräsen. Emma hatte Rubio in Dantes Obhut gelassen und ihm damit eine große Freude gemacht. Sie stand nun im Staub und wachte darüber, dass der Erdboden von den Fräsen verschont blieb. Nachdem die Betonschicht abgetragen war, wurde gegraben, Quadratzentimeter für Quadratzentimeter.

»Verschwendung von Ressourcen«, sagte Costa, der alle zehn Minuten vorbeischaute. »Kraft, Zeit, Geld.«

Nach weiteren zwei Stunden gab ihr der Grabungschef ein Zeichen, näher zu treten. Im Loch zu seinen Füßen schien etwas Helles hervor. Er wischte vorsichtig die Erde ab. Ein verdreckter Lappen, schien es auf den ersten Blick, und auf den zweiten, als das Textil aus dem Loch befreit und auseinandergefaltet wurde: ein rosa Kleid, das einer etwa Vierjährigen gepasst hätte.

Kein Mitglied der Familie Savelli wusste etwas zu diesem Fundstück zu sagen. Alle betrachteten stumm die Fotografie, die ihnen von Commissario Bianchi und Costa gezeigt wurde. Niemand hatte auch nur eine Ahnung davon, wie das Kleid unter den Beton im Keller der Fabrik gelangt sein konnte. Auch Valeria, die alles über Meride und seine Bewohnerinnen und Bewohner wusste, war ratlos. Emma hatte sie nach Feierabend im Museum abgeholt und zu einem Glas Wein auf die Piazza Mastri eingeladen. Valeria trank ihr Glas leer, Emma bestellte noch eins. Wieder betrachtete Valeria die Aufnahme des halb verrotteten Kinderkleides auf Emmas Computer. Eine erste Tochter von Matilda Savelli, die vor Alessia geboren worden war? Eine, die verschwunden war? Valeria schüttelte den Kopf. Es gab viel Gerede über Antonios Frau. Phantastisches Zeug war überliefert. Spatzen sollen tot vom Himmel gefallen sein, als Matilda durch die Via Bernardo Peyer gegangen war. Es gab einen Brand am Altar der Chiesa San Rocco, an einem Sonntag während der Messe. Kerzenflammen, die zu Feuertürmen wurden, als Matilda zu singen begann. Aber was davon tatsächlich passiert war, wusste niemand mehr mit Sicherheit. Von einer Tochter war nie die Rede. Jedenfalls nie, wenn Valeria dabei war. Aber wenn Emma darauf bestand, jede verborgenste Erinnerung aus verkalkten Hirnen zu holen, hatte Valeria eine Idee, wie man ein bisschen nachhelfen konnte.

24

Luigi Savelli kooperierte. Emma brauchte ihn bloß nochmals freundlich darauf hinzuweisen, was es für Konsequenzen hatte, wenn man die Ermittlungen in einem Mordfall behinderte, indem man Informationen zurückhielt. Schwerwiegende Informationen. Sie hörte Luigis Zähne knirschen, als er ihre Anordnungen für den übernächsten Tag entgegennahm, den Sonntag, wie gemacht für Feste, die manchmal einfach so gefeiert werden mussten, wie sie fielen. Er musste nur Tische und Bänke, Teller, Gabeln und Gläser organisieren. Und die letzten Bestände aus dem Lagerraum hergeben, um Töpfe voll davon zu liefern, worauf sich die Famiglia Savelli am besten verstand: Spaghetti und Penne. Laufend frisch gekocht, damit sich das volle Aroma entwickelte, in Butter geschwenkt und mit Parmigiano und frisch gehacktem Basilico bedeckt. Rotweinflaschen, in Reihen bereit, Weißwein, im Zuber mit Eis gekühlt, Gazosa für die Kinder. Auf dass alle, die wollten, sich bedienen konnten und ein *Viva!* ausstießen auf die kleine Fabrik mit der besten Pasta der Welt.

Emma hantierte mit Klebeband und Papier, als Commissario Bianchi anrief.

»Emma, wo bist du?«

»In der *fabbrica*. Ich brauchte einen ruhigen Ort, um etwas vorzubereiten. Gibt's etwas Neues?«

»Nein.«

»Wo bist du?«

»Im Büro. Die tausendste Recherche dazu, was die Tatwaffe sein kann. Und wo sie versteckt wird.« Er seufzte. »Ich gehe systematisch jedes existierende Objekt durch. Und jeden Ort. Von A bis Z.«

»Existierend in der Fabrik?«, fragte Emma. »Oder überhaupt auf der Welt?«

Bianchi seufzte wieder. »Mach dich nur lustig.«

Emma lachte. »Bis später, Commissario Bianchi. Ich mache weiter.«

Sie legte das Handy weg, starrte auf die A4-Papiere vor sich, die sie zu einer großen Fläche zusammenklebte. Trat zum Rührwerk, stieg auf eine Kiste, um hineinschauen zu können. Wie ein Planschbecken für Kinder sah es aus, haufenweise blassgelbe Körnchen. Sie widerstand der Versuchung, ihre Hände und Arme tief hinein in den Grieß zu stecken, ihn durch die Finger rinnen zu lassen. Sie durfte nichts verändern am Tatort, kein Material mit Emma-Tschopp-Partikelchen versehen. Wobei die Untersuchungen hier längst abgeschlossen waren. Bestimmt jedes Körnchen war dreimal gewendet worden auf der Suche nach der Tatwaffe. Nichts war da. Einfach nichts. Emma blickte zum Steg hoch, auf dem sie während der Führung gestanden hatte. Letzten Montag war das, vier lange Tage her. Sie hörte Stefanies angenehme Stimme, sah die blassgelbe, zäh wabernde Masse wieder, die sich aufbäumte und zusammensackte, stundenlang geschlagen und geknetet. Über Jahre erprobt, um die richtige Einstellung der Maschine zu finden, den passenden Zeitraum, nicht zu kurz und keinesfalls so lange, dass der Teig in sich zusammenfiel, jede Elastizität verlor. Und erst das Verhältnis von Wasser und Hartweizengrieß: zwei Zutaten bloß, die einzigartigen Genuss schaffen konnten. Zwei Zutaten. Emma starrte ins Rührwerk. Hartweizengrieß. Und Wasser. Sie versetzte sich wieder auf den Steg, horchte der Stimme nach, die unten erklungen war.

»Sache des Patrons«, hatte Stefanie Schwendener gesagt. »Antonio Savelli gibt täglich ins Rührwerk, was es braucht: Hartweizengrieß und Wasser.«

Emma durchzuckte es heiß. Sie riss ihre Hände zurück, bevor sie ins Rührwerk tauchen und buddeln, den ganzen Grieß rausschaufeln konnten, um vorzustoßen zum Rührhaken ganz unten am Boden des Beckens. Emma machte einen Satz zum Tisch, wo ihr Handy lag, das in dieser Sekunde klingelte. Sie schrie beinahe, als der Commissario sich meldete.

»Marco! Komm sofort in die Fabrik! Mit Spurensicherung!«

»Wir sind schon unterwegs!«

»Ich habe eine Idee!«, riefen beide gleichzeitig.

Zwei Stunden später zog Emma die Handschuhe aus.
»Ich hole jetzt Rubio und mache Feierabend.«

»Du gehst schon?« Commissario Bianchi starrte noch immer auf den Bildschirm und ging die Fotos durch, die seine Mitarbeiter bereits abgelegt hatten.

Emma lachte. »Schon? Eben haben die Glocken geläutet, 20:15 Uhr, sagt die *chiesa*, Zeit zum Heimgehen. Halte mich bitte auf dem Laufenden. Gute Nacht, Marco.«

Als sie wenig später ihren Bus dem orange-roten Sonnenuntergang entgegensteuerte, ertappte sie sich bei einem Lächeln.

»Emma Tschopp und der Commissario aus dem Tessin«, murmelte sie. »Die Gefühlstante und der Harte-Fakten-Mann. Sind wir nicht das perfekte Team, Rubio?«

Das war sehr gut, vielen Dank. Den Abwasch übernehme ich, wie immer.«

Emma lächelte Karin zu, die mit dem Abendessen bis zu ihrer Rückkehr aus Meride gewartet hatte. Sie ließ sich als Erstes Karins Tageswerk zeigen. Dem Labyrinth fehlten nur noch wenige Windungen.

»Bald hast du es geschafft«, hatte Emma gesagt.

Karin hatte gelächelt und genickt, den Blick liebevoll auf ihr Werk gerichtet.

»Karin«, sagte Emma und schenkte beiden Wein nach. »Kann ich für morgen einen Kurs bei dir buchen?«

»Einen Privatkurs?«

»Ja. Im Nähen.«

Karin schaute verblüfft. »Du willst nähen lernen? An einem Tag?«

»Nicht grundsätzlich«, sagte Emma. »Nur so viel, dass es für ein Kleid reicht.«

Sie erhob sich, um das Schnittmuster zu holen, das sie vorhin in der Fabrik gebastelt hatte. Dann schob sie die Teller beiseite und breitete ihr Werk auf dem Tisch aus.

»Sieht aus wie ein Kinderkleid«, sagte Karin.

»Ist es auch«, sagte Emma. »Ich möchte es in Erwachsenengröße nachschneidern.«

Karin glättete die Falten im Papier. »Für dich?«

Emma nickte. »So, dass es mir gut passt. Geht das?«

»Ja, schon.«

»Den Stoff bekomme ich morgen Mittag«, sagte Emma. »Wollen wir jetzt schon Maß nehmen?«

Karin starrte immer noch auf das Papier vor sich.

»Karin?«

»Nein. Morgen. Wir machen den Nähkurs morgen.«

»Ich stelle mir das Kleid in Rosa vor«, sagte Emma, »so richtig prächtig. Wie für ein hübsches kleines Mädchen.«

28

Am Samstag lernte Emma nähen. Gerade so viel, dass sie mit Unterstützung von Karin das Kleid in ein paar Stunden hinkriegte. Ein Mitarbeiter von Costa hatte bereits vor dem Mittag eine Tüte vorbeigebracht, leicht verstimmt, weil er sich im Wald von Arzo verfahren hatte. Der Stoff sah genau so aus, wie Emma ihn sich gewünscht hatte: nach dem Vorbild des Mädchenkleids, das im Keller der Fabrik ausgegraben worden war.

»Was soll das jetzt wieder?«, hatte Costa gemault, als er von Emma den Auftrag erhielt, sich aber nach einem strengen Blick seines Chefs verzogen.

Emma und Karin arbeiteten schweigend. Nur das Rattern der Nähmaschine war zu hören, unterbrochen von Karins ruhigen und präzisen Anweisungen. Emma folgte ihnen gern und schaute fasziniert zu, wie sich ein Stück Stoff in ein dreidimensionales Gebilde verwandelte, das sie anziehen konnte. Bei der ersten Anprobe musste sie schlucken, als sie sich in dem schmalen Spiegel sah, der hinter der Eingangstür hing. Ein überdimensioniertes Kind trat ihr entgegen, ein Mädchen mit einem absurd alten Gesicht und grau gesträhntem Haar. Auch Karin musterte sie irritiert, erschrocken beinahe, als wäre sie ein fremdes Wesen, vor dem man sich in Acht nehmen musste. Emma bedankte sich später am Nachmittag für die professionelle Unterstützung. Sie freute sich. Das Kleid war perfekt. Karin schien mit dem Resultat nicht ganz zufrieden zu sein. Sie lehnte jedes Kursgeld ab, das Emma bezahlen wollte, selbst ein symbolisches. Emma schlug vor, sich wenigstens ans Mosaik zu setzen, sie hatte ihr in den letzten Tagen kaum geholfen. Karin willigte ein, bestand aber darauf, dass sie mitmachte. Während Emma kniend Mörtel mischte, dachte sie wieder über die Tatwaffe nach, die endlich gefunden worden war, versteckt unter einer Tagesration Hartweizengrieß. Es war der Rührhaken, der als Schlagstock taugte und als Stütze herhalten musste, um den Türgriff des Kühlraums von außen zu blockieren. Er war nach der Tat sorgfältig gereinigt, wieder eingebaut und mit Grieß bedeckt worden. Noch wollte Bianchi auf Mikrospuren von DNA des Opfers im Grieß hoffen. Aber das leicht zerkratzte eine Ende des Rührhakens war erst mal Hinweis genug.

»Vor unserer Nase«, murmelte Emma.

Sie fuhr herum. Etwas hatte ihre Fußsohlen berührt. Rubio. Er wedelte heftig und stieß mit der Nase gegen den Boden. Emma sah die Maus erst jetzt. Därme quollen hervor. Halbtot versuchte die Maus zappelnd, der Pfote zu entkommen, die sie hin und her schubste.

»Rubio! *No!*«

Karin war aufgesprungen und ins Haus gegangen. Nachdem Emma die arme Maus erlöst und Rubio gescholten hatte, streckte sie sich auf dem Boden aus und starrte in den Abendhimmel.

29

Am Sonntagmorgen wurde die Hauptstraße durch Meride für Autos gesperrt. Männer, Frauen und Kinder saßen an langen Tischen auf der Via Bernardo Peyer, auf der Piazza Mastri und bis in die Via Nottai Fossati-Oldelli hinein. Diejenigen, die nach der Messe überraschend zum gemeinsamen Essen eingeladen wurden, und alle anderen, die schnell herbeieilten, nachdem sie davon hörten. *Una festa*, von den Savellis spendiert, *incredibile*!

Emma stand vor der Chiesa San Rocco und sah zu, wie die Menge über Pasta und Wein herfiel. Es wurde viel gelacht und geredet. Für Luigi Savelli gab es langen Applaus. Er rief in einer kurzen Ansprache dazu auf, der armen Stefanie Schwendener zu gedenken, der Deutschschweizerin, die die Tradition der *fabbrica* den Besuchern liebevoll und professionell vermittelt hatte. *Alla Salute! Cin cin!*

Luigi zog sich wieder auf seinen Posten hinter den beiden riesigen Kochtöpfen zurück, von wo aus er mit allen ein Späßchen machte, während er ihre Teller mit Spaghetti oder Penne füllte. Zwei junge Frauen assistierten ihm, und er schien sich in der Rolle des Gastgebers ausgezeichnet zu fühlen. Die anderen Mitglieder der Familie Savelli hatten sich unter die Bevölkerung gemischt. Alle waren da, bloß den alten Savelli hatte Emma noch nicht gesehen. Alessia und Francesco Bernasconi-Savelli saßen weit entfernt voneinander an verschiedenen Tischen. Er schäkerte mit den älteren Damen neben sich und schenkte großzügig Wein nach. Alessia war dabei, einem Mädchen die Haare zu einer komplexen Frisur zu flechten, von drei anderen

Mädchen bedrängt, die darum stritten, welches als Nächstes an der Reihe war. Auch Dante war von Kindern umringt. Als er Emma und Rubio entdeckt hatte, war er auf sie zugestürzt, um Emma seinen *tesoruccio* abzunehmen. Jetzt stand er hinten auf der *piazza*, wo keine Tische waren, und warf für Rubio den Ball. Er bewegte sich wendig wie die *bambini* rundum, der Buckel war verschwunden. Die Kinder balgten sich um das speicheltriefende, zerfetzte Gummiding. Alle wollten es zu fassen kriegen. Rubio gefiel es. Er apportierte brav, wie er es gelernt hatte, schnappte sich den Ball und brachte ihn zurück. Hin und her, hin und her, von kurzen Pausen durchsetzt, in denen er sich eine Streicheleinheit von einem Dutzend Händen holte. Valeria stand neben der Gruppe, mit einem Glas in der Hand. Sie hatte das Museum gar nicht erst geöffnet und einen Zettel an die Tür gehängt, mit dem sie Touristen zum Dorffest einlud.

»Cara«, hatte sie zu Emma gesagt, »das lasse ich mir nicht entgehen.«

Nun schien sie ein Gespräch mit Dante führen zu wollen, der sie nicht beachtete. Emma lachte vor sich hin, während sie ihre Blicke weiter über den Platz gleiten ließ. Karin war wider Erwarten doch gekommen. Heute früh beim Morgenkaffee war sie noch unentschlossen gewesen, weil sie gern am Mosaik weiterarbeiten wollte. Jetzt saß sie zwischen schwarz gekleideten alten Frauen. Alle aßen und tranken, nur Karin hatte weder Teller noch Glas vor sich. Sie sah etwas verloren aus. Emma wollte eben zur Warteschlange hinübergehen, um für Karin Pasta zu holen, als Commissario Bianchi an Karins Tisch trat, in jeder Hand einen Teller mit Spaghetti balancierend. Marco, der Gentleman. Emma lächelte.

Er setzte sich zu Karin und begann, die Spaghetti auf

die Gabel zu drehen, während Karin ihren Teller unberührt ließ. Sie sprachen miteinander, ein freundliches Hin und Her. Emma beschloss, Marco später nach dem Gesprächsthema zu fragen. Sie ging ein paar Schritte in die Via Bernardo Peyer hinein. Auch hier aßen und tranken alle fröhlich, Carlo war da, winkte ihr zu.

Commisario Bianchi hatte ihre Idee vorbehaltlos unterstützt. Keine Frage, dass er sich auf das Experiment einließ. Costa hatte über die kurze Frist gemeckert, in der alles organisiert werden musste, war aber wie immer nach einem Blick von Bianchi verstummt. Jetzt schaufelte er Berge von Penne in sich hinein und erzählte zwischendurch allerlei. Seine Geschichten mussten unterhaltsam sein, die jungen Frauen am Tisch, zu denen er sich gesetzt hatte, kicherten. Das Gebell von Rubio lenkte Emma wieder zurück vor die Kirche, ihre Aufmerksamkeit wieder auf Dante und die Kinder. Neben ihnen machte Valeria ein paar Tanzschritte zur Musik, die nun erklang. Ein Jugendlicher schwenkte einen dieser portablen Lautsprecher in der Hand, der aussah wie eine Granate. Die Jungs beugten sich über ihre Handys und stritten darum, ihre Wunschsongs zu spielen. Ein paar Mädchen begannen kichernd, die Hüften zu wiegen, warfen ihre Haare zurück, bevor sie sich fotografierten. Zwei Frauen räumten Tische und Bänke auf der Piazza Mastri weg, um Platz zu schaffen. Erste Paare fanden zum Tanz zusammen, in kunstvollen Figuren sich bewegend oder enthemmt Körperteile schlenkernd. Kinder kamen hüpfend hinzu. Rubio begleitete sie freudig bellend, Dante an der Leine hinter sich herziehend. Valeria kam hüfteschwingend auf Emma zu. Jemand ging an ihrem Arm. Es war die gebückte Gestalt aus Emmas Traum, die nun zu Emma aufsah. Die irre Alte mit dem zahnlosen Mund aus der Via Ercole Doninelli.

»Hei, *cara*.« Valerias Atem roch nach Wein.

»Ich habe Olga mitgebracht. Sie will dir unbedingt etwas sagen.« Valeria kicherte. »Viel Vergnügen, ihr zwei. Ich ziehe jetzt wieder davon.«

Sie löste sich aus dem Griff der Frau, winkte Emma herbei und wies sie an, die Alte zu stützen. Dann ging sie, ein wenig schwankend. Bevor sie in der Menge der Tanzenden verschwand, drehte sie sich nochmals um und warf ihnen eine Kusshand zu. Emma sah auf die Frau an ihrer Seite hinunter. Die Alte deutete in Richtung des Tisches, den Emma neben Luigis Kochtöpfen hergerichtet hatte. Dort stand ein Perückenkopf, den Alessia Bernasconi freundlicherweise zur Verfügung gestellt hatte. Ihm hatte Emma eine Perücke mit rotem Haar übergezogen, glatt und in der Länge, wie Stefanie Schwendener es getragen hatte. Costa hatte ganze Arbeit geleistet bei seinen samstäglichen Besorgungen. Neben dem Tisch waren auf einer Stellwand große Fragezeichen platziert. Dazu der Aufruf an die Bewohnerinnen und Bewohner von Meride, die Polizei bei ihren Ermittlungen im Mordfall Stefanie Schwendener tatkräftig zu unterstützen. Wer einen Hinweis hatte, wurde gebeten, sich zu melden. Daneben hingen Fotos von Commissario Marco Bianchi, Brigadiere Bruno Costa und Feldwebel mbA Emma Tschopp-Bellucci.

»*La rossa*«, sagte die alte Frau und zeigte auf den Perückenkopf.

»Ja?« Emma nickte ihr zu.

»Ich habe sie gesehen«, sagte die Alte.

Sie standen nun vor dem Tisch.

»Stefanie Schwendener?«, fragte Emma.

»Nein. Das ist Maria.«

»Maria?«

Olga Pagani nickte.

»Wer ist Maria? Hat sie auch solche Haare?«

Emma wollte nach dem Haar greifen, aber Olga packte ihre Hand und riss sie zurück.

»Nicht berühren«, sagte sie. »Maria bringt Unglück.«

»Wo haben Sie Maria gesehen?«, fragte Emma.

»*Pericolosa. Molto pericolosa*«, murmelte Olga.

»Wo haben Sie Maria gesehen?«, wiederholte Emma.

»Bei der *fabbrica*. Es war Nacht. Aber ich habe die *rossa* sofort wiedererkannt. *Il bastardo.*«

»Was machte sie dort?«

»Sie stand mit ihrem *babbo* vor dem Eingang.«

»Ihrem *babbo*?«

Die Alte sah zu Emma hoch. »Ja. Antonio.«

»Wann war das?«

»In der Nacht, bevor er sie wegbrachte. Danach habe ich Maria nicht mehr gesehen.«

30

Luigi Savelli war sehr erfreut, als Commissario Bianchi ihm am Montagmorgen mitteilte, dass er den Betrieb in der *fabbrica* am nächsten Tag wieder aufnehmen konnte. Bloß diesen Montag wurden die Räume noch für die Ermittlungen gebraucht. Er wurde auf 14 Uhr in den Produktionsraum eingeladen, ebenso alle anderen Mitglieder der Familie. Dante hatte ausgerichtet, dass sein Vater sich zu schwach fühle, er müsse sich entschuldigen. Emma ließ ihm mitteilen, dass sie die Entschuldigung nicht akzeptiere. Sie erwarte ihn pünktlich und angezogen, nicht im Morgenmantel. Falls er nicht erscheine, würde sie ihn eigenhändig herbeiholen, und das würde Signor Savelli bestimmt nicht wollen.

Um 14 Uhr saßen alle im Produktionsraum im Kreis. Costa hatte Stühle organisiert. Antonio Savelli war mit energischem Schritt eingetreten. Er trug einen speckig glänzenden Anzug, der viel zu weit war. Als Alessia ihn beim Hinsetzen stützen wollte, lehnte er unwirsch ab. Commissario Bianchi begrüßte alle Anwesenden und dankte für ihre Bereitschaft, bei der Aufklärung des Mordes an Stefanie Schwendener nach Möglichkeit behilflich zu sein.

»Und jetzt begrüßen wir unseren ersten Gast«, sagte Commissario Bianchi. Er wies zur Tür, die vom Produktionsraum in den Korridor führte. Olga Pagani trat am Arm von Costa ein, nickte freundlich in die Runde.

»Vielen Dank, Signora Pagani, dass Sie gekommen sind«, sagte Bianchi.

Die alte Frau schenkte ihm ihr zahnloses Lächeln. Dann musterte sie die Anwesenden im Kreis und streckte ihren Zeigefinger aus.

»Das ist er.«

Alle blickten zu Antonio Savelli, der mit steinernem Gesichtsausdruck dasaß. Olga Pagani löste sich von Costas Arm und trippelte näher zu ihm hin.

»Natürlich, ich kenne dich doch, Antonio. Du warst da draußen.« Sie deutete mit der anderen Hand hinter sich Richtung Fabrikeingang. »Maria war bei dir.«

Olga Pagani zeigte weiter auf Antonio Savelli. Der Alte tippte sich gegen die Stirn.

»*Pazza*«, sagte er mit rauer Stimme. »Du bist verrückt, Olga.«

»*Babbo* Antonio«, sagte die Alte, »ich weiß es ganz genau. Du und Maria. Ihr wart da.«

Savelli zeigte ihr wieder einen Vogel. Olga Pagani ließ ihren Arm sinken, sah zu Costa hinüber.

»Es war ganz bestimmt Maria. Sie hatte so langes rotes Haar.« Olga legte die Handkante an ihre Schulter.

»Die Alte ist verrückt!«, sagte Antonio. »Sie war es immer schon.«

»Signor Savelli«, sagte Commissario Bianchi und erhob sich, um vor ihn zu treten. »Olga Pagani hat Sie in der Mordnacht zusammen mit einer rothaarigen Frau vor der Tür der *fabbrica* stehen sehen. Dann sind Sie beide hineingegangen. Können Sie uns mehr darüber erzählen?«

»*Pazza!*«, fuhr Antonio Savelli auf.

Alle in der Runde zuckten zusammen. Olga Pagani schüttelte heftig den Kopf.

»Sie ist zurückgekommen«, kreischte sie. »Was hast du mit ihr gemacht, eh? Wohin hast du sie diesmal gebracht?«

Commissario Bianchi nickte Costa zu. Dieser nahm

Olga Pagani sanft am Arm und führte sie hinaus. Ihr Schimpfen war noch zu hören, als Costa sie längst nach draußen begleitet hatte, wo ihr Sohn auf sie wartete.

»Signor Savelli«, sagte Bianchi und setzte sich wieder. »Was geschah, nachdem Sie zusammen die Fabrik betraten?«

Antonio Savelli versuchte, seine zitternden Hände im Schoß zu verbergen.

»Wir werden Ihre Stirnwunde untersuchen lassen, Signor Savelli«, sagte Bianchi. »Kann es sein, dass sich Stefanie Schwendener gewehrt hat, bevor Sie sie mit dem zweiten Schlag endgültig niederstrecken konnten?«

Der Alte schüttelte den Kopf. Seine Lippen formten Worte, tonlos.

»Was wollen Sie uns sagen?«, fragte der Commissario.

»Ich war das nicht«, flüsterte Antonio Savelli heiser.

»Schauen Sie da hin. Schauen Sie genau«, sagte Bianchi und wies zur Tür.

Ein Mädchen betrat den Raum. Ein großes Mädchen in einem rosa Kleid. Ein wenig schüchtern schien das Kind. Nur zögernd bewegte es sich, das Gesicht hinter seinem Haar verborgen. Schritt für Schritt trat es in den Kreis. Plötzlich fiel grelles Licht auf das Mädchen, sodass sein Haar rot aufflammte. Ein Schrei gellte durch die Fabrik. Antonio hatte sich auf das große Kind gestürzt. Eine Ewigkeit schienen sich der alte Mann und das seltsame Wesen einen Kampf zu liefern. Aber es dauerte nur wenige Sekunden, bis Emma Antonio Savelli überwältigt hatte. Schwer atmend standen sie einen Augenblick lang ineinander verkeilt im Kreis. Von den Fingern des Alten umkrallt, baumelte die rote Perücke an einer Strähne wie ein Skalp. Über Emmas linker Schulter war das Kleid zerrissen.

Costa trat hinzu und bedeutete Emma, ihren Griff zu lösen. Er führte Savelli zurück zum Stuhl, wo er ihn zum Sitzen zwang, ohne ihn loszulassen.

»Darf ich vorstellen«, sagte Emma, noch etwas außer Atem. Sie ging zum Alten, löste die Perücke aus seinen Fingern, setzte sie wieder auf und richtete ihr Kleid. »Maria Savelli, Tochter von Antonio und Matilda Savelli. Eure Schwester«, sagte Emma, zu Luigi, Dante und Alessia gewandt.

Alle starrten sie fassungslos an. Emma stellte sich vor Antonio Savelli.

»Ihre Tochter Maria«, sagte sie. »Warum wurde sie von Ihnen verbannt? Mit vier Jahren an einen Ort gebracht, wo sie gequält wurde?«

Antonio wand sich in Costas Griff, der ihn etwas lockerte, sodass sich der Mann aufrecht hinsetzen konnte.

»Ihre Tochter, Signor Savelli. Wie konnten Sie Ihrer Tochter das antun?«

Der Mann ächzte und versuchte, sein Gesicht in den Händen zu verbergen.

»Und Ihre Frau, Signor Savelli«, sagte Emma und begann, im Kreis zu gehen. »Sie haben Ihre Frau in den Selbstmord getrieben.«

Antonio stöhnte auf.

»Sie zerstörten die erste Frucht Ihrer Liebe, Ihrer großen Liebe zu Ihrer schönen Matilda, indem Sie Ihr gemeinsames Kind fortbrachten und dafür sorgten, dass es nie mehr zurückkehren konnte, Ihr kleines Mädchen, Ihre arme Maria.«

Antonio stöhnte wieder.

»Was haben Sie allen erzählt? Warum Sie Ihr unschuldiges Mädchen verbannten?«

»Sie ist nicht mein Mädchen«, schrie Antonio und

sprang von seinem Stuhl hoch. Emma zuckte zurück. Costa packte ihn.

»Sie ist ein *bastardo*! Ein dreckiger kleiner Bastard! Ein Bastard, ein Bastard, ein Bastard!«

Der Alte verfluchte mit Gebrüll den Moment, in dem er Matilda begegnet war, dieser läufigen Hündin, die ihre Beine für einen anderen breitmachte. Die so tat, als wäre der wachsende Bauch sein Verdienst. Diese Nutte, die ihn betrogen hatte wie nie jemand zuvor in seinem Leben. Sie hatte ihm dieses Kind ins Nest gesetzt, ihn dem Spott seines Dorfes ausgesetzt.

»Das ist mein Dorf hier«, brüllte er. »Für dich hat es keinen Platz hier. *Bastardo!*«

Er spuckte nach Emma. Costa zwang ihn auf den Stuhl zurück. Keuchend wand sich der Alte. Emma trat dicht vor ihn hin.

»Deshalb musste Stefanie Schwendener sterben. Ihr Auftauchen hier im Dorf ließ Sie glauben, dass das eingetreten war, wovor Sie sich Ihr Leben lang am meisten gefürchtet haben: dass Maria nach Hause zurückkommt.«

Sie sah in die Runde. Die Mitglieder der Familie Savelli saßen erstarrt auf ihren Stühlen. Alessia liefen Tränen über die Wangen. Emma wandte sich wieder dem Alten zu.

»Was für ein Irrtum, Signor Savelli«, sagte sie. »Sie haben die Falsche umgebracht. Wie kamen Sie bloß darauf, dass Stefanie Schwendener Maria ist?«

Der Mann schien in sich zusammenzusacken. Bloß sein schwerer Atem war zu hören.

»Sie haben im Wahn gehandelt, Signor Savelli. Die Angst vor Maria hat Sie völlig blind gemacht.«

Emma begann, wieder im Kreis zu gehen.

»Wegen der Blumen auf dem Grab. Wegen zwei Sonnenblumen auf Matildas Grab bringen Sie eine junge Frau um, die nichts mit alledem zu tun hat.«

»Das Foto«, flüsterte Savelli. »Das Bild von Matilda.«

»Welches Bild?« Emma blieb vor ihm stehen.

»Es lag da. Auf dem Grab.« Er starrte mit weit aufgerissenen Augen an Emma vorbei.

»Letzten Oktober?«, fragte Emma. »Als die Sagra gefeiert wurde?«

Alessia und Dante stöhnten gleichzeitig auf.

»Und wo ist das Bild jetzt?«, fragte Emma. »Haben Sie es vernichtet?« Sie ging wieder im Kreis. »Musste es weg? So wie Sie alles aus dem Weg räumen, was stört? So wie Maria, die Sie verbannten, die Tochter Ihrer Frau?«

Sie blieb stehen, beugte sich über den alten Mann.

»Alles, was Sie stört, muss weg. In der Nacht vom letzten Montag auf Dienstag war es Stefanie Schwendener, die wegmusste. Sie haben sie erschlagen.«

Antonio Savelli wollte auffahren, aber Costa zwang ihn auf den Stuhl zurück.

»Was mich erstaunt, Signor Savelli, ist, wie kaltblütig Sie den Mord geplant und durchgeführt haben, obwohl Sie so in Ihrem Wahn lebten.« Emma ging zum Rührwerk hinüber. »Aber es bestätigt meine Erfahrung. Menschen tun unfassbare Dinge.«

Emma verharrte einen Moment, dann wies sie ins Becken, aus dem Grieß und Rührhaken entfernt und ins Labor gebracht worden waren.

»Einen Fehler haben Sie gemacht.« Sie wies in Richtung Bianchi. »Der Commissario und ich haben ihn entdeckt. Zwar erst am vierten Tag nach dem Mord, aber dafür gleichzeitig.«

Emma sah noch die Andeutung von Bianchis Lächeln, dann konzentrierte sie sich wieder auf den alten Mann.

»Wie raffiniert von Ihnen, Signor Savelli. Sie haben am Montagabend einfach den großen Rührhaken ausgebaut und bereitgelegt. Er taugte zuerst als Schlagstock und danach als Stütze, um den Türgriff des Kühlraums von außen zu blockieren.«

Jemand stöhnte.

»Nach Gebrauch haben Sie ihn gut gereinigt und wieder eingebaut«, fuhr Emma fort. »Die perfekte Tarnung. Einzig Ihr Geiz ließ Sie einen Fehler machen.«

Wieder sah sie in die Runde. Es war nun sehr still.

»Normalerweise mischen Sie frühmorgens gleich Wasser zum Grieß. Nicht wahr?«

Antonio Savelli versuchte kurz, sich aus Costas Griff zu befreien, vergeblich.

»Ihr Sohn Luigi hat uns das bestätigt. Auf Nachfrage hin.« Emma blickte zu Luigi Savelli. Er wand sich auf seinem Stuhl. »Weil Sie aber vorausgesehen haben, dass das Rührwerk ein paar Tage wird ruhen müssen, nachdem eine Leiche in Ihrer *fabbrica* gefunden wurde, haben Sie es beim Grieß belassen. Es wäre ja schade um den Teig gewesen, der vergammelt. Ohne Wasser kann das Getreide auch später verarbeitet werden. Dachten Sie. Und wen stört schon ein bisschen DNA einer Toten in der Pasta.«

Luigi gab ein Gurgeln von sich, als müsste er sich übergeben. Bianchi hatte sich erhoben. Emma trat einen Schritt zurück und gab ihm ein Zeichen, dass sie fertig war.

»Signor Savelli«, sagte der Commissario. »Stehen Sie bitte auf.«

Der Alte stieß einen Schrei aus, langgezogen, qualvoll. Emma lief ein Schauder über den Rücken, während sie sich auf Bianchis Stuhl fallen ließ. Sie merkte erst jetzt, dass ihre Knie zitterten.

31

Commissario Bianchi gratulierte ihr.

Costa wies darauf hin, dass der Mörder nun doch keine Mörderin war, wie von Emma aufgrund von alten Geschichten irrtümlicherweise angenommen.

Alex sagte, dass die Abgabefrist für den Schlussbericht nächsten Donnerstag um 17 Uhr sei.

Ihr Vorgesetzter Presser in Liestal schrieb Emma eine E-Mail, in der er sich von der Effizienz des bikantonalen Teams beeindruckt zeigte. Er wies darauf hin, dass sie ihre Überstunden bis Ende des Jahres abgebaut haben musste. Andernfalls verfielen sie.

»*Vaffanculo*«, sagte Emma.

32

Der Blick auf den See und das gegenüberliegende Ufer war schön. Von Lugano waren von hier aus nur noch die letzten protzigen Villen am Stadtrand zu sehen. Dann folgten der Monte Brè und weiter rechts am See ein lauschiges Dorf. Von dort kam das Kursschiff gefahren. Es würde wohl neue Gäste bringen. Bis anhin saßen außer ihnen bloß vier ältere Herren mit Zürcher Dialekt bei einer Flasche Weißwein auf der Terrasse, Spielkarten in der Hand, vor sich auf dem Steintisch einen Jassteppich. Sie waren im eigenen Motorboot von Lugano her gekommen, ihrem BMW zu Wasser sozusagen, weil zum Grotto dei Pescatori keine Straße führte.

»*Tesoruccio, tutto bene?*«

Rubio hob den Kopf und wedelte kurz mit dem Schwanz. Emma hatte den Kosenamen von Dante übernommen. Der hatte fast geweint, als er sich von seinem neuen Freund verabschieden musste. Emma versprach ihm, wieder nach Meride zu kommen. Sie würden dann zu viert wandern gehen, Dante mit dem jungen Labrador, den er sich noch diesen Sommer anschaffen wollte, und Emma mit Rubio. Endlich den Monte San Giorgio hochsteigen, den sie nun gar nicht erlebt hatte, und natürlich ins Val Mara hinunter.

»Eine Sache ist noch offen«, sagte Emma und stellte ihr Glas zurück.

Sie schaute Commissario Bianchi zu, der sich genüsslich ein Stückchen geröstetes Brot mit Sugo in den Mund schob. Ein Gruß aus der Küche, vielversprechend. Bianchi hatte ihr einen Überraschungsausflug als Abschluss ihrer

Ermittlungen vorgeschlagen, ein Dankeschön auf privater Basis sozusagen, und Emma hatte zugestimmt – unter der Bedingung, dass sie sämtliche Ausgaben teilten.

Bianchi kaute und schluckte. »Die wäre?«

Emmas Telefon klingelte. Sie schaute auf den Bildschirm, gab dem Commissario ein Zeichen und nahm den Anruf entgegen.

»*Pronto*, Emma in den Ferien.«

»Wie lausig arbeiten deine Kollegen dort unten?«

»Guten Mittag, Alex. Nein, du störst gar nicht.«

»Im Ernst, Emma. Warum haben die nicht schon bei der Befragung der Nachbarschaft herausgefunden, dass die Alte in der Mordnacht Augenzeugin war? Dass sie Täter und Opfer zusammen gesehen hat?«

»Weil die Kollegen danach gefragt haben, ob jemand Stefanie Schwendener gesehen hat.«

»Ja, und? Absolut korrekte Frage.«

»Ja, genau, so sehe ich das auch. Und Olga Pagani hat absolut korrekt geantwortet.«

»Spuck's aus, Emma.«

»Sie hat Nein gesagt.« Emma machte eine kleine Pause. »Weil sie die verlorene Tochter Maria gesehen hat. Nicht Stefanie Schwendener.«

Stille. Emma grinste. Alex dachte nach. Dann pfiff er durch die Zähne.

»Alle Achtung, Emma. Mir scheint, dass du in diesem Fall deine Fähigkeiten voll ausleben konntest. Mit Verrückten hast du dich immer schon gut verstanden.«

»So ist es.«

»Übrigens, Presser lässt fragen, ob du …«

Emma beendete das Telefonat und stellte das Telefon stumm.

»Emma«, sagte Bianchi, »welche Sache ist noch offen?«

»Am Sonntag, als du Karin auf dem Fest einen Teller Spaghetti gebracht hast: Hat sie gesagt, warum sie nichts davon isst?«

»Sie ist allergisch auf Pasta. Weshalb fragst du?«

»Ihr müsst einen Wangenschleimhaut-Abstrich von Karin machen.«

»Von Karin?« Bianchi zog die Brauen hoch. »Wieso das denn?«

»Karin ist Matilda Savellis Tochter Maria. Das Kuckuckskind. Der *bastardo*. Das Kind, das ins Kinderheim Ballenmoos im Kanton Luzern gebracht, dort von Schwester Elisabeth alias Lisa Schwendener misshandelt wurde und als erwachsene Frau nach Meride zurückgekehrt ist, zumindest in die Nähe.«

»Nein«, sagte Bianchi und stellte das Wasserglas zurück, aus dem er eben trinken wollte.

»Doch«, sagte Emma. »Frag die DNA. Falls das Kleidchen aus dem Keller noch etwas hergibt, wirst du die Übereinstimmung schwarz auf weiß haben.«

»Aber … wie …?«, fragte Bianchi.

»Ich habe ein paar Puzzleteile zusammengesetzt.«

»Die Pasta?«

»Von wegen Allergie. Das ist gelogen. Ich habe schon mit Karin Pasta gegessen. Aber sie wollte offensichtlich keine Pasta von Savelli essen.«

»Weil das etwas in ihr auslösen könnte?«, fragte Bianchi.

»Sag nicht, du kennst diesen Dingsda mit seiner Gebäck-Erinnerung?«

»Die Szene mit der Madeleine bei Proust.« Bianchi nickte. »Und du denkst, dass Karin bei der Savelli-Pasta Erinnerungen kommen, die sie verdrängen will?«

»Sie könnten etwas auslösen. Ja, das denke ich.«

»Welche Puzzleteile noch?«

»Die Haare«, sagte Emma. »Karin hat ursprünglich rotes Haar.«

»Wie kommst du darauf?«

»Die helle Haut. Die Farbe der Härchen auf ihren Armen. Ich bin die Tochter eines Frisörs.«

Bianchi beugte sich vor. »Noch ein Puzzleteil?«

»Rubio hat eine Maus gefangen, als Karin und ich beim Mosaik-Legen waren. Ich habe einen Augenblick lang Karins Gesicht gesehen, bevor sie ins Haus flüchtete. Da war so viel Angst. So viel Entsetzen.«

»Eine Maus«, sagte Bianchi. »Du spielst auf die Geschichte mit den Mäuseskeletten an, die auf dem Grundstück des Kinderheims gefunden wurden.«

»Genau, im Garten vergraben«, sagte Emma. »Nichts von glücklicher Tochter eines Konditors. Ich hätte es Karin gegönnt.«

»Du hast recherchiert?«, fragte Bianchi.

»Weit und breit keine toten Eltern, die Papa und Mama von Karin sein könnten. Alles erfunden.«

Bianchi nickte.

»Und dann war da noch die Aussage von Stefanies Mutter, dass eine Frau sie am Briefkasten angesprochen hat. Eine Frau mit roten Haaren. Ich gehe davon aus«, Emma schluckte, »dass das Karin war. Sie hat angefangen, ihre Vergangenheit aufzuarbeiten, und hat ihre Peinigerin gefunden. Die ehemalige Ordensschwester, nun Lisa Schwendener.«

»*Dio mio*«, sagte Bianchi. Er schien erschüttert. »Da sind wir fast bei der These, die du Costa und mir letzten Freitag vorgestellt hast: das Kind aus dem Kinderheim, das Jahre später zurückkommt, um die Tochter ihrer Peinigerin zu töten.«

»Mit dem entscheidenden Unterschied, dass nicht Karin, sondern ihr Stiefvater Stefanie erschlagen hat«, sagte Emma. »Aber die Blumen auf dem Grab von Matilda …«

»Die sind …«

»… von Karin, ja«, unterbrach Emma. »Ich gehe davon aus. Das Foto, das Antonio Savellli beim letzten Herbstfest so ausrasten ließ, wohl auch. Dante hat das Bild übrigens im Nachtschrank seines Vaters gefunden. Es war keine Fata Morgana des Alten.«

»Und warum hat Dante das verschwiegen?« Bianchi schlug mit der Hand auf den Tisch. »*Porca miseria*, wie verstockt sind denn diese Savelli-Kinder?«

»Traumatisiert, Marco«, sagte Emma mit einem schiefen Lächeln. »Alles wird unter dem Deckel gehalten, solange es nur geht. Sogar im Keller einbetoniert. Dante hat die Erinnerung an die Mutter, die ihm keine war, schnell wieder verdrängt. Er hat das Bild sofort vernichtet.«

Bianchi schüttelte den Kopf. »Ich hätte gerne gesehen, wie Matilda Savellli ausah.«

»Frag Karin. Ich bin überzeugt, dass sie zumindest noch ein Bild ihrer Mutter hat.«

»Und warum sollte Karin eins auf Matildas Grab gelegt haben?«

»Um das Andenken ihrer Mutter zu ehren?« Emma zog die Schultern hoch, ließ sie fallen. »Allenfalls bereits mit dem Gedanken, zu provozieren? Oder von beidem ein bisschen?«

Bianchi nickte, den Blick auf den See gerichtet.

»Dante hat sich bemüht, mir die Fotografie genau zu beschreiben«, sagte Emma. »Matilda trägt eine Perlenkette und eine Brosche in Form einer Sonnenblume. Und was lag auf dem Grab?«

»*Dio mio*«, sagte Bianchi nochmals, nun wieder Emma zugewandt. »Eine Sonnenblume. Zwei Mal.«

»Karin kriegte beim letzten Herbstfest die Wirkung der Fotografie mit.«

»Was genau tat da Antonio Savelli?«

»Er schrie, dass er den umbringen werde, der es wagte, die Totenruhe seiner Frau zu stören.«

Bianchi ächzte, wollte sich zurücklehnen, beugte sich wieder nach vorn, als er realisierte, dass sie auf Bänken saßen.

»Das könnte sie auf die Idee gebracht haben, die Angst ihres Stiefvaters zu schüren.«

Emma trank einen Schluck Wasser. »So sehe ich das. Und zuzuschauen, was passiert. Ihn laufen zu lassen, sozusagen.«

Bianchi nickte. »Es wird um die Frage gehen, was Karin *nicht* getan hat. Nicht darum, was sie getan hat.«

»So ist es«, sagte Emma. »Und ich werde nicht diejenige sein, die das untersucht.«

»Nein, das wirst nicht du sein.«

»Übrigens«, sagte Emma, »ich habe bei den Gesprächen mit Karin Informationen erwähnt, die ich aus ermittlungstechnischen Gründen hätte für mich behalten sollen. Aber nach meinem ersten Verdacht musste ich einfach mehr herausfinden.«

Bianchi winkte ab. »Ich denke, dass das in diesem Fall legitim ist. Und der erste Verdacht kam wann?«

»Letzten Mittwoch. Wobei. Verdacht ist falsch. Es war eine Irritation, eine allererste, die ich sofort wieder vergessen habe.« Emma trank einen Schluck Wein. »Ich kam zurück zu Karin und Rubio ins Rustico. Karin arbeitete an dem Mosaik, einem Labyrinth. Wegen des Mosaik-Legens hat's mich ja überhaupt ins Tessin verschlagen.«

Bianchi schmunzelte.

»Ich sagte etwas über das Labyrinth, das mir gerade so

durch den Kopf ging, im Sinn von: In einem Labyrinth beginnt man außen und sucht den Weg nach innen, das Ziel ist im Zentrum, und beim Mosaik-Legen ist es genau umgekehrt. Dort beginnst du in der Mitte und arbeitest dich nach außen vor.« Emma zuckte mit den Schultern. »So etwas Philosophisches halt, dahergeredet. Karin sagte, und ich weiß es noch wortwörtlich, weil sie so eine komische Stimme hatte, irgendwie unpassend ernst: ›So ist es. Wenn ich draußen bin, ist das Ziel erreicht.‹ Ich habe nicht weiter darüber nachgedacht.«

»Aber die Szene ist dir wieder in den Sinn gekommen«, sagte Bianchi.

Emma nickte. »Ja. Einen Tag später. Bei diesem verkorksten Gespräch mit Karin. Als ich ihr die Antworten auf meine Fragen aus der Nase ziehen musste, dachte ich plötzlich: Die Frau hat einen Plan. Als sie dann zum Schluss des Gesprächs gesagt hat, dass vielleicht Stefanie die Sonnenblume auf das Grab gelegt haben könnte, fand ich das zuerst einfach nur Quatsch. Blödes Dahergerede.«

Bianchi schüttelte den Kopf. »Karin ist nicht der Typ für blödes Dahergerede.«

»Genau«, sagte Emma. »Das dachte ich in der Nacht danach auch. Sie hat das mit Absicht gesagt. Weil sie ein Ziel hatte.«

»Sie wollte«, Bianchi hielt inne, »wie hast du gesagt? ›Draußen‹ sein?«

»Ja«, sagte Emma. »Den Irrgarten hinter sich lassen.« Und, mehr für sich murmelnd: »Deshalb musste es unbedingt ein Labyrinth sein. Und keine Fische, Pfauen und Löwen.«

Bianchi sah eine Weile schweigend vor sich hin, dann wieder zu Emma hoch.

»Karin hatte also einen Plan, sagst du. Lass uns noch mal

gemeinsam durchgehen, was deiner Meinung nach alles Teil davon war. Das Rustico hier in unmittelbarer Nähe zu ihrer Familie?«

»Ja. Das hat sie strategisch so ausgesucht.«

»Gehörte Rache zum Plan? Wollte sie ursprünglich ihren Stiefvater töten?«

»Nein. Das Konzept ist nicht Rache, sondern Heilung.« Emma machte eine Grimasse. »Auch wenn das esoterisch klingt. Karin kam hoch, was sie lange verdrängen konnte. Ich gehe davon aus, dass das alles durch die Berichterstattung über den Skandal im Kinderheim ausgelöst wurde.«

»Gehörte Stefanie Schwendener zum Plan?«

»Karins Aussagen lassen zum jetzigen Zeitpunkt keinen Schluss zu.« Emma trank einen Schluck Wasser, dann Wein. »Ich stelle mir zwei Szenarien vor.«

»Die wären?«

»Szenario Nummer eins: Die Begegnung von Karin und Stefanie im Nähkurs war purer Zufall. Stefanie ist aus eigenem Antrieb nach Meride gekommen.«

»Der pure Zufall …«, sagte Bianchi. »Er muss Karin erschüttert haben.«

»Szenario Nummer zwei: Karin suchte und fand ihre Peinigerin. Dazu deren Tochter, die sie zuerst in ihren Nähkurs, dann nach Meride lockte.«

Emma sah die Gänsehaut auf Bianchis Unterarmen. Er stützte sie auf dem Tisch auf, suchte ihren Blick. »Hast du Karin mit irgendeiner deiner Beobachtungen oder Erkenntnisse konfrontiert?«

Emma schüttelte den Kopf. »Ich habe drei Nächte mit mir gerungen, bevor ich beschlossen habe, zuerst mit dir darüber zu sprechen. Von Karin habe ich mich freundschaftlich verabschiedet.«

Sie starrte auf das Stückchen Brot auf dem Teller zwischen ihnen.

»Karin ist als Kind durch die Hölle gegangen und hat sich nun etwas Frieden geschaffen, so absurd das klingt angesichts des Verbrechens, das ihr Stiefvater begangen hat. An einer Strafuntersuchung kann sie nochmals zerbrechen.«

Eine Wespe ließ sich auf dem Sugo nieder.

»Aber ich kann niemanden schützen und dabei selbst das Gesetz übertreten.« Emma sah wieder hoch. »Ich kann es nicht. Ich kann es einfach nicht.«

Bianchi sah sie traurig an.

»Kennst du das?«, fragte Emma.

»Ja«, sagte er. »Das kenne ich.«

»Morgen früh schicke ich den Schlussbericht an meine Dienststelle. Dort steht alles drin.«

»Ja«, sagte Bianchi. »Und jetzt hast du Ferien.« Er schob seine Hand über den Tisch, bis seine Fingerspitzen Emmas Arm berührten. »Du bist eine gute Ermittlerin, Emma. Eine sehr gute Ermittlerin.«

Emma machte eine Grimasse. »Danke, Commissario. Willst du auch ein Kompliment hören?«

Er nickte lächelnd.

»Du bist ein schöner Mann. Einfach ein bisschen jung.«

Er lachte und deutete einen Faustschlag an.

»Nein, jetzt im Ernst«, sagte Emma und schluckte, um den Kloß in ihrem Hals zu lösen, den sie plötzlich spürte. »Mein ganzes Arbeitsleben lang kämpfe ich schon für Gerechtigkeit. Aber es gibt keine.« Sie nahm ihr Glas. »*Cin cin*, Commissario. Wollen wir bestellen? Ich nehme die *grigliata mista. Saignant.*«

Das Fleisch war innen blutig, außen kross gebraten, perfekt auch das *filetto di coregone* vom Commissario. Sie tranken einen Espresso, beglichen ihre Rechnung. Dann stiegen sie ins Boot.

»Signor Bianchi«, Emma hatte durch die Zähne gepfiffen, als er sie in Lugano zum privaten Steg mit Motorbooten geführt hatte. »So was hätte ich Ihnen nicht zugetraut.«

»Gehört einem Freund«, hatte er gesagt. »Ich hoffe, du magst Boote.«

Und wie Emma Boote mochte. Rubio auch. Er saß aufrecht mit wehenden Ohren und schaute um sich, als wäre er Herrscher über den Lago.

»Hei«, sagte Emma nun, als Bianchi nicht dahin steuerte, wo sie hergekommen waren, sondern weiter nach links fuhr. »Mein Bus steht in Lugano.«

»Nur ein kleiner Umweg«, sagte Bianchi. »Ich möchte dir noch etwas zeigen.«

Emma grinste. »Wie Sie meinen, Commissario.«

Sandra Hughes

Sandra Hughes, geboren 1966, wuchs in Luzern auf und lebt mit ihrer Familie in Basel. Mit der Polizistin Emma Tschopp teilt sie die Vorliebe für Bistecca (saignant) und Blauschimmelkäse. Vor der Krimireihe um Emma Tschopp schrieb sie Romane für Erwachsene und eine Geschichte für Kinder: *Lee Gustavo* (2006), *Maus im Kopf* (2009), *Zimmer 307* (2012), *Fallen* (2016) und *Das Dach* (2019). 2013 erhielt sie den Kulturpreis des Kantons Basel-Landschaft für Literatur, 2017/2018 das Atelierstipendium der Landis & Gyr Stiftung für Schweizer Kulturschaffende in London.

Im Kampa Verlag sind bislang drei Fälle mit Emma Tschopp und Marco Bianchi erschienen:

Tessiner Verwicklungen, Tessiner Vermächtnis und *Tessiner Verderben*. Weitere Fälle sind in Vorbereitung.